T0267681

Azul de agosto

DEBORAH LEVY
Azul de agosto

Traducción de Antonia Martín

RANDOM HOUSE

Penguin
Random House
Grupo Editorial

Título original: *August Blue*

Primera edición: junio de 2024

© 2023, Deborah Levy
Reservados todos los derechos
© 2024, Penguin Random House Grupo Editorial, S. A. U.
Travessera de Gràcia, 47-49. 08021 Barcelona
© 2023, Antonia Martín, por la traducción

Epígrafe de p. 7: fragmento de *My Mother Laughs*, de Chantal Akerman (Silver Press, 2019)

Printed in Spain – Impreso en España

ISBN: 978-84-397-4327-9
Depósito legal: B-7.884-2024

Compuesto en La Nueva Edimac, S. L.

Impreso en Unigraf (Móstoles, Madrid)

RH 43 2 7 9

Incluso nuestras sombras se aman cuando caminamos.

CHANTAL AKERMAN,
*Mi madre ríe**

---

* Traducción de Tatiana Lipkes, Ciudad de México, Mangos de Hacha, 2020, p. 167. *(N. de la T.)*.

1

GRECIA, SEPTIEMBRE

La vi por primera vez en un mercadillo de Atenas comprando dos caballos mecánicos bailarines. El hombre que se los vendió estaba insertando una pila en el vientre del caballo marrón, una de zinc de alta potencia AA. Le enseñó que para poner en marcha el caballo, de la longitud de dos manos grandes, tenía que levantarle la cola. Para pararlo debía bajársela. El animal llevaba un cordel atado al cuello y la mujer podía dirigir sus movimientos tirando de él hacia arriba y hacia fuera.

La cola se alzó y el caballo empezó a bailar: sus cuatro patas articuladas trotaron en círculo. A continuación el vendedor mostró a la mujer el blanco, de crin negra y cascos blancos. Le preguntó si quería que le colocara una pila AA en el vientre para que también ese bailara. Sí, contestó ella en inglés, aunque con acento extranjero.

Yo la observaba desde un tenderete con figuritas en escayola de Zeus, Atenea, Poseidón, Apolo, Afrodita. Algunos de esos dioses y diosas habían sido transformados en imanes para neveras. Su metamorfosis final.

La mujer llevaba un sombrero flexible de fieltro negro. Yo apenas le veía la cara porque la mascarilla quirúrgica azul que estábamos obligados a usar en esa época le cubría la boca y la nariz. La acompañaba un anciano, quizá octogenario. Los caballos no le producían la misma alegría que a ella. El cuerpo de la mujer vibraba, alto y lleno de vida, mientras tiraba de los cordeles hacia arriba y hacia fuera. Su acompañante permanecía quieto, encorvado y en silencio. Yo no estaba segura, pero daba la impresión de que los caballos lo ponían nervioso. Los observaba con aire lúgubre, incluso con aprensión. Tal vez la convencería de que se marchara y se ahorrara el dinero.

Al mirar los pies de la mujer me fijé en sus gastados zapatos de cuero marrón con tacones altos de piel de serpiente. Con la puntera del derecho daba suaves golpecitos en el suelo, o quizá bailara, al compás de los caballos, que, guiados por su mano, ahora trotaban juntos.

Yo deseé que pudieran oírme llamarlos bajo el cielo del Ática.

Se detuvo para ponerse bien el sombrero, inclinado hacia delante sobre los ojos.

Mientras sus dedos buscaban un mechón escondido bajo el sombrero, miró en mi dirección, no a mí directamente, aunque sentí que era consciente de mi presencia. Eran las once de la mañana, pero el estado de ánimo que la mujer me transmitió en aquel momento fue oscuro y suave, como la medianoche. En Atenas empezó a caer una lluvia ligera, y con ella llegó el olor de las vetustas piedras calientes y de la gasolina de los coches y las motocicletas.

La mujer compró los dos caballos y, cuando ya se alejaba con ellos envueltos en papel de periódico, el anciano, su acompañante, enlazó su brazo con el de ella. Desaparecieron entre el gentío. Ella aparentaba más o menos mi edad, treinta y cuatro años, y, al igual que yo, llevaba un impermeable verde con el cinto muy apretado. Era casi idéntico al mío, con la salvedad de que el suyo tenía tres botones dorados cosidos en los puños. Saltaba a la vista que deseábamos las mismas cosas. Sorprendentemente, en aquel momento pensé que ella y yo éramos la misma persona. Ella era yo y yo era ella. Quizá ella fuera un poco más que yo. Intuí que había percibido mi presencia cerca y estaba burlándose de mí.

Uno, dos, tres.

Me dirigí hacia el tenderete y pedí al hombre que me enseñara los caballos. Me respondió que acababa de vender los dos últimos, pero que tenía otros animales mecánicos bailarines, un surtido de perros, por ejemplo.

No, yo quería los caballos. Sí, dijo, pero lo que suele gustarle a la gente es que haya que levantar la cola al animal para que baile y bajársela para que se detenga. La cola es más fascinante que un soso interruptor, afirmó, es incluso como magia, y con ella yo podía desencadenar la magia o ponerle fin cuando se me antojara. ¿Qué importaba que fuera un perro en vez de un caballo?

Mi profesor de piano, Arthur Goldstein, me había dicho que el piano no era el instrumento; el instrumento era yo. Hablaba de mi oído absoluto, de mi deseo y mi capacidad de aprender a los seis años, de que todo cuanto me enseñaba no se disolvía al día siguiente. Al parecer yo era un milagro. Un milagro. Un milagro. En una ocasión le había oído decirle a un periodista: No, Elsa M. Anderson no está en trance cuando toca; está huyendo.

El hombre me preguntó si quería que insertara una pila de zinc de alta potencia AAA en uno de los perros. Señaló un animal que semejaba más bien un zorro, con un abundante pelaje de porcelana y la cola enroscada sobre el lomo.

Sí, dijo, la magia volvería a desencadenarse, pero esta vez con una cola curva. Los perros eran más pequeños que los caballos, así que yo podía tenerlos en la palma de la mano. Me pareció que los caballos no eran el instrumento; el instrumento era el anhelo de magia y fuga.

Es usted muy guapa, señora. ¿A qué se dedica?

Respondí que era pianista.

Vaya, entonces tenía razón, dijo.

¿Quién tenía razón?

La señora que ha comprado los caballos. Me ha dicho que era usted famosa.

Cuando me ceñí el cinto del impermeable de tal modo que se me clavó en la cintura, el hombre emitió un sonido explosivo, como el de una bomba.

Debe de volver usted loco a su amado, afirmó.

Metí la mano en el bolsillo y saqué la manzana que había comprado esa mañana en una tienda de comestibles. Estaba fresca y tensa como otra piel. La apoyé en mi mejilla, que ardía. Y luego le di un mordisco.

Mire este perro, dijo el hombre que había vendido los caballos a la mujer. Es un spitz, la raza más antigua de Europa central. Se remonta a la Edad de Piedra. Observé el pelaje de porcelana blanca del spitz de la Edad de Piedra y negué con la cabeza. Lo siento, señora, dijo él riendo, pero los dos últimos caballos han encontrado un hogar. Mi clienta vio que usted la miraba. El hombre bajó la voz y con un gesto me indicó que me acercara.

La señora me dijo: Aquella mujer quiere los caballos, pero yo los quiero y he llegado primero.

Tuve la sensación de que la mujer me había robado algo, algo que echaría en falta en mi vida. Me alejé del tenderete de los animales bailarines sintiéndome desposeída y me dirigí hacia una carreta llena de pistachos. Al lado de esta, en el suelo, vi el sombrero de fieltro negro de la mujer. En su cinta gris había metido una ramita de una delicada flor rosa pálido. Yo había visto esas mismas flores en las laderas de las colinas de la Acrópolis durante un paseo que había dado aquella mañana. Tal vez ya crecieran allí cuando caballos de verdad tiraban de carros cargados de mármol para construir el Partenón.

Recogí el sombrero y busqué con la mirada a su dueña y al anciano, pero no los vi por ninguna parte. El acompañante de la mujer tenía más o menos la edad de mi profesor, Arthur Goldstein.

En aquel momento decidí quedarme el sombrero de fieltro. Los caballos eran suyos, no míos. Lo consideré un intercambio equitativo. Me lo puse allí mismo, en el mercado, inclinado sobre los ojos, como había hecho ella. Otra cosa. Al alejarse con los caballos, se había dado la vuelta un instante para mirar un gato que dormía sobre un murete cerca de donde estaba yo.

Había adquirido la costumbre de elaborar listas todos los días.

> Pianos que he tenido
> Bösendorfer de cola
> Steinway

Me había quedado ahí, sin mencionar el piano, más humilde, de mi infancia.

Al cabo de un rato revisé mi billete de ferri para la isla de Poros y vi que tendría que matar el tiempo durante dos horas antes de dirigirme hacia el puerto de El Pireo.

2

Max y Bella estaban en la terraza del Café Avissinia, con vistas a la Acrópolis, tomando café griego endulzado en tacitas pequeñas. Ambos eran violinistas ilustres. Creían que, llegado el caso, tal vez pasaran el invierno en Atenas y se compraran jerséis de abrigo. Bella buscaría además un par de monos, una prenda práctica para tocar el violonchelo, su segundo instrumento. Elogiaron mi sombrero y me preguntaron dónde lo había comprado. Les hablé de los caballos y de la mujer acompañada por el anciano.

No parece que hayas puesto mucho empeño en devolverle el sombrero. ¿Cómo es que quieres tanto esos caballos?

Max y Bella me miraron con gesto de complicidad, pero ¿qué sabían ellos?

Sabían que era una niña prodigio y que, cuando tenía seis años, mis padres de acogida me habían entregado a Arthur Goldstein, quien me había adoptado para que pudiera convertirme en alumna interna de su escuela de música. De una casa humilde en los alrededores de Ipswich, en Suffolk, me había trasladado a una casa grandiosa en Richmond, Londres. Sabían de la audición que había realizado en la Royal Academy of Music y de la beca que había obtenido, los premios internacionales y lo del Carnegie Hall, las grabaciones de recitales y conciertos de piano bajo la batuta de los directores más prestigiosos, y más recientemente, y de manera fatídica, en la Sala Dorada de Viena. Sabían de mis elogiadas interpretaciones de Bach, Mozart, Chopin, Liszt, Ravel, Schumann, y sabían que había perdido el aplomo y empezaba a cometer errores. Sabían que tenía treinta y cuatro años. Sin amantes. Sin hijos. No había una taza de café casero sobre mi piano, una cucharilla en el platillo, un perro al fondo, la vista de un río al otro lado de mi ventana ni un compañero o compañera que preparara tortitas entre bastidores. Y sabían que tres semanas antes, en Viena, mientras tocaba el *Concierto para piano número 2* de Rajmáninov, había dado al traste con la actuación y abandonado el escenario. Había interpretado esa obra muchas veces antes de aquel concierto. Sabían que pensaba ir a la isla griega de Poros para dar clases a un niño de trece años. Solo tenía tres sesiones programadas. Habíamos acordado que me pagarían por hora y en metálico. Quizá Max y Bella creyeran que necesitaba animarme. Anunciaron que tenían una sorpresa para mí. Habían contratado una excursión en barco con Vass, un pescador amigo suyo, quien me llevaría a bucear en busca de erizos de mar antes de mi primera clase.

Bella parecía feliz. Sin duda estar enamorada de Max la inducía a pensar que podía decir cuanto se le antojara porque estaba envuelta en amor. Mira, Elsa, sabemos que tiene que ver sobre todo con Arthur. O sea, Arthur es un gilipollas. Nos damos cuenta de que fuiste su inspiración, su musa infantil, incluso, a decir verdad, su salvación. Nadie podría estar a la altura de todo eso. Es un hombre pequeño, Elsa. Lleno de complejos.

Alargó la palabra «c-o-m-p-l-e-j-o-s».

¿Quién no tiene unos cuantos?

Bueno, para empezar lleva pañuelos de cuello de casi tres metros, no vaya a ser que nadie se fije en él.

Sí, dije, esa es una de las razonas por las que lo quiero.

Arthur me había escrito tras el fatídico concierto. «Intuyo que no estabas allí cuando subiste al escenario. ¿Dónde estabas, Elsa?».

Lejos.

Había olvidado dónde estábamos bajo la batuta de M. La orquesta iba por un lado, el piano por otro. Mis dedos se negaron a doblarse para Rajmáninov y empecé a tocar otra cosa. Cuando tenía seis años, Arthur me había enseñado a «abstraer la mente de los asuntos corrientes», pero al parecer los asuntos corrientes se habían abierto paso en mi mente aquella noche.

Max me preguntó si era cierto que Arthur vivía ahora en Cerdeña. Le dije que sí. Arthur tenía una casita en una localidad famosa por sus melones, a sesenta y cuatro kilómetros de Cagliari. Había veraneado allí muchos años y ahora la había convertido en su hogar.

Quisieron saber por qué.

Cree que el amor es más factible en el sur.

¿Tiene Arthur un amor?

Lo ignoro.

Lo habían preguntado en broma porque Arthur tenía ochenta años. Nunca supe nada de su vida sentimental. Jamás lo había visto con una pareja, aunque suponía que tenía sus apaños. Contaba cincuenta y dos cuando me adoptó, de modo que tal vez las partes más inflamadas de su libido ya se hubiesen aplacado.

Además, dijo Bella, como si hubiera elaborado una lista de misterios por resolver y yo fuera uno de ellos, no entendemos por qué das clases a niños desconocidos y sin talento. Ya sabes, Elsa, que cualquier conservatorio del mundo te contrataría como profesora eminente. Sé realista.

Intenté ser realista de un modo que satisficiera a Bella, así que dije: Sí, doy clases para pagar el alquiler y comprarme un kebab hasta que la pandemia remita. No era cierto, tenía ahorros para salir adelante, pero quería bajarle la cola a todo cuanto sentía en ese instante. Arthur era mi profesor, pero también una especie de padre. El único padre que tenía, y lo quería sin medida. Cuando yo era adolescente, se sentaba a mi lado siempre que tocaba. Tienes los dedos dormidos, me gritaba, ¿de qué sirve enseñar a alguien que está dormido? Al mismo tiempo, mis dedos tenían vida. Temblaban. No sabía cómo ser para complacerle.

Yo no deseaba amedrentar a mis alumnos.

Bella se inclinó sobre la mesa y me dio un beso en la mejilla. Nos conocíamos desde hacía mucho. Su exmarido, Rajesh, había sido alumno de la escuela de verano de Arthur durante un mes. Rajesh y yo nos habíamos conocido a los doce años y desde entonces seguíamos siendo buenos amigos. De hecho, yo le había presentado a Bella cuando ambos tenían veinte. Se habían casado tres años después, algo que en su momento nadie entendió. Hacía poco que se habían separado y ella se había liado con Max en Atenas. En su beso percibí esa larga historia y su preocupación. El contacto de sus labios con mi mejilla era todo un peligro. Había perdido la cuenta de las diversas olas del virus y no sabía en cuál nos encontrábamos. Los grandes confinamientos habían quedado atrás, pero todos teníamos miedo todavía.

Elsa, dijo Bella, por favor, olvida lo del Raj y vuelve a sonreír.

Serguéi Rajmáninov jamás sonreía. Su poderosa mano izquierda, su rostro adusto, la tristeza que disipó al escribir el *Concierto para piano número 2*. Tal vez sonriera por nuestra costumbre de llamarle Raj, como si fuera un amigo que se pasara para pedir un cargador de móvil. Yo había escuchado sus grandes pensamientos musicales desde los quince años. Durante una temporada Arthur y yo habíamos trabajado juntos únicamente las obras de Raj y Chaikovski, porque, según me había enseñado él, Rajmáninov estaba enamorado de Chaikovski, si bien desde el punto de vista estructural era más innovador. Aunque vivíamos en siglos distintos, Raj y yo habíamos sido solistas populares a una edad temprana y ofrecido conciertos en diversos conservatorios.

Hice un gesto al camarero, una breve ondulación de los dedos, quizá a la manera de una diva. Cambiemos de tema, propuse a mis amigos, os invito a un vaso de ouzo. Tengo que ir al puerto de El Pireo. El camarero hizo los honores y nosotros alzamos los vasos sin saber muy bien qué decir a continuación. Alguien había escrito las palabras «Muerte Drogas Vida Belleza» con pintura negra bajo un arco de jazmín urbano que al parecer disfrutaba de una segunda floración otoñal.

Me puse el sombrero y me oí conversar con la mujer que había comprado los caballos. Te encontraré, le dije en mi mente. A cambio del sombrero me darás los caballos.

Bella volvió la cabeza para ocultar el gesto que acababa de intercambiar con Max.

Es que no lo entiendo, dijo. El concierto que abandonaste. O sea, Raj tenía unas manos gigantescas. Entre la punta del meñique y la del pulgar podía abarcar doce teclas del piano.

Eso nunca me preocupó, contesté, pero estaba pensando en las uñas acrílicas rosas de la modelo que aparecía en la portada del catálogo de ventas del avión en que había llegado a Atenas. Su mano, muy pálida, me había recordado la de un cadáver; le habían borrado todas las pecas y pliegues. Entre sus dedos lánguidos sostenía el fuste de una copa de cóctel medio llena de un líquido rosado, a juego con las uñas. Un licor. Al parecer esa bebida creaba emociones. Eso decía, con ese licor se creaban emociones. Al mismo tiempo yo interpretaba en mi cabeza una mazurca melancólica de Frédéric Chopin, opus 17, número 4. Bella me dio unos golpecitos en el hombro. Si ves a Rajesh cuando regreses a Londres, dile que me debe seis meses de la hipoteca.

Entonces llegó el turno de Max. Oye, Elsa, yo no sé qué ocurrió, pero todos quieren que vuelvas a tocar. Es como si te hubieses cancelado a ti misma. Me puse bien el sombrero inclinándolo hacia delante. El canto de un coro de pájaros empezó a transportarme fuera del edificio cuando comencé a bajar los escalones de la terraza en dirección a la salida.

Bella me llamó. Me había dejado el móvil sobre la mesa. El tono de llamada era Canto de Pájaros. Cuando volví sobre mis pasos para recogerlo, no sé qué especie de ave trinó y gorjeó. Cantaba cada vez que recibía un mensaje de texto. Arthur me pedía por WhatsApp que fuera a visitarlo a Cerdeña. Mis dedos teclearon las palabras: «Es que trabajo».

«Cuídate las manos», me respondió.

Supongo que, al igual que el licor del catálogo, mis manos creaban emociones. Y luego escribió en mayúsculas con su vieja mano derecha, la misma que de niña me agarraba la muñeca para levantarla del teclado cada vez que quería que usara los pedales:

«¿Y QUÉ HAY DEL AZUL?».

Una semana antes del concierto de Rajmáninov decidí teñirme de azul. Arthur intentó disuadirme. A fin de cuentas, la larga melena castaña, siempre trenzada y enroscada alrededor de la cabeza, era mi imagen distintiva. Elsa M. Anderson, la virtuosa del piano que en ciertos aspectos recordaba a una primera bailarina. En la adolescencia había probado con un par de trenzas sujetas en forma de esfera a cada lado de la cabeza. Arthur consideró que ese estilo carecía de dignidad, pero seguí usándolo una temporada. Querida, me dijo, si te empecinas en destrozar tu precioso cabello, deberías ir a mi peluquería de Kensington.

El azul era una forma de separarme de mi ADN. Ambos sabíamos que deseaba cercenar la posibilidad de parecerme a mis padres desconocidos. A Arthur le extrañaba que no quisiera buscarlos. Ni contactar con mis padres de acogida. Desde que cumplí los diez años me había dicho que podía mirar «los documentos» cuando quisiera. Se refería a los papeles de la adopción. Creo que siempre estaba preparándose para el momento inevitable en que yo iniciara la búsqueda de mis padres biológicos. Sin embargo, nunca quise leer «los documentos», y así se lo decía. Arthur respondía de manera invariable: Admiro tu enorme fortaleza.

Yo ya llevaba tres horas en la peluquería cuando él llegó. La encargada del color tuvo que decolorarme el pelo antes de aplicarme el tinte. Arthur había comprado en Pret a Manger un sándwich para él y otro para mí. Me entregó el mío y me anunció en tono confidencial que también había comprado dos galletas de nubes de chocolate que se estaban derritiendo en su bolsillo. Por algún motivo le apetecía hablar de la relación entre Nietzsche y Wagner, no solo conmigo, sino con todo el personal de la peluquería. Quizá el azul le había puesto nervioso. La estilista que me teñía mano a mano con la encargada del color le preguntó quiénes eran esos hombres.

Nietzsche fue el filósofo demasiado humano, respondió Arthur, y Wagner el compositor, sobre todo de óperas inflamadas. De los dos, Nietzsche era el que más probablemente se habría teñido el bigote de azul. Entonces ¿qué relación tenían? Es una cuestión de temperatura, respondió Arthur; «hirviente» sería una buena palabra para definirla. Al parecer, a fin de escapar de su enamoramiento de Wagner, Nietzsche empezó a escuchar al compositor francés Bizet, pues su música contenía el sol de la mañana. Sí, prosiguió Arthur, Nietzsche concluyó que la música de Bizet tenía «una perspectiva más quemada por el sol». Arthur se sentó y empezó a desenvolver su sándwich. Resulta, continuó, que las composiciones del propio Nietzsche eran demasiado eclesiásticas para un hombre que gritaba «Dios ha muerto» desde cada montaña y puente. Tocaba el piano y compuso hasta casi sus últimos años de vida, pero consideraba que había fracasado como compositor, lo que con toda probabilidad era cierto. Wagner también lo pensaba. Francamente, lo que quiera que pasara por la cabeza de Nietzsche se expresaba mejor en forma de filosofía que de música. Me estaban pintando el pelo con un pincel pequeño. Los ojos me lloraban por el olor del decolorante. Bueno, eso no lo sabes, dije mientras la encargada del color me bajaba la barbilla, no sabes nada sobre las composiciones de Nietzsche, las que nunca escribió.

Ah, pues claro que las conozco, repuso Arthur con aire misterioso, algunos de nosotros somos creadores —mordió el sándwich de huevo y mayonesa—, y los demás somos intérpretes.

Quizá estuviera aludiendo a mis tempranos intentos de componer. Era como si Arthur supiera que yo oía algo que él no entendía, y eso le doliera. Cuando mis dedos encontraban las teclas, yo descubría que tenía un punto de vista. Para revelarlo solo tenía que escuchar.

La estilista me pidió que me moviera en el asiento para volver a atarme la capa negra protectora por detrás.

Nietzsche opinaba, y con razón, continuó Arthur tras limpiarse los labios con una servilleta, que la música era el arte supremo, la esencia del ser. Aun así, rompió con las melodías extremadamente agotadoras de Wagner como quien rompe un plato y no ve la necesidad de recomponerlo. En ese instante Arthur retiraba con precisión forense la clara de su sándwich de huevo con mayonesa. La idea de una perspectiva más quemada por el sol pareció entusiasmarlo, con toda probabilidad debido a la casa que tenía en Cerdeña. Coincido con Nietzsche, añadió arrojando su bastón al suelo, en que el amor es más factible en el sur.

En el rubio muy claro hay que dejar reposar el azul. El proceso duró casi seis horas. Podía ver que Arthur estaba emocionado, estupefacto y un tanto inquieto. Tomamos té, yo con el pelo envuelto en pedazos de papel de aluminio. En un momento dado me besó la mano como si estuviera a punto de someterme a una operación quirúrgica grave. No paraba de hablar. Preguntó si les había contado que, un día que fue a recogerme al colegio, su largo fular de gasa blanca había estado a punto de engancharse en las ruedas del coche y estrangularlo, al estilo de Isadora Duncan. A Elsa le fascina Isadora, susurró a la encargada del color, que en ese instante indicaba a la aprendiza dónde ir a comprarle una ensalada de quinoa. Arthur sabía que yo estaba leyendo la autobiografía de Isadora Duncan, la madre de la danza moderna, como a veces se la calificaba. A menudo veía en YouTube cómo los bailarines que estudiaban la técnica de Isadora llevaban a cabo sus coreografías, sobre todo al son de la música de Bach, Mendelssohn, Chopin, Schumann. Iban descalzos y vestían togas vaporosas. Creo que la idea era mostrarme cómo ser feliz y libre.

La encargada del color seguía charlando con la aprendiza. Añadió una Coca-Cola a la lista de su almuerzo y señaló que debía estar fría como un cadáver.

Un cadáver no tiene por qué estar frío, querida mía, la interrumpió Arthur. La sangre tarda por lo menos doce horas en enfriarse dentro del cuerpo humano.

Parecía dispuesto a quedarse hasta el final, así que ella le propuso un lavado y secado a mano. El director de la peluquería, Rafael de Rotherhithe y Río, como se presentaba a sí mismo, estaba acostumbrado a disimular con discreción el esfuerzo que suponía subir la silla para que Arthur alcanzara el lavacabezas. La aprendiza más joven apareció de repente con tres cojines. La cabeza de Arthur estaba por fin en la pila. Todo el mundo quería que se ahogara.

Cuando llegó el momento de aclarar el tinte azul, a Arthur casi le costaba respirar. Sabía que al cabo de una semana yo tocaría en la Sala Dorada de Viena con el pelo azul. El público que acudiera a escuchar a su virtuosa del piano predilecta tal vez se preguntara si se trataba de una sustituta.

La encargada del color estaba muy tensa.

Por un momento pensé en mi madre biológica.

Y luego en mi madre de acogida.

Mi nueva y lustrosa melena azul me cayó por la espalda hasta casi la cintura.

Tenía dos madres. Una me había abandonado. Y yo había abandonado a su sustituta. Oí sus respiraciones entrecortadas.

Arthur levantó los brazos al aire. Querida, dijo, como no tengo un trineo tirado por huskies que nos lleve por las tormentosas calles de Londres, compartiremos un taxi. Tú, Elsa M. Anderson, eres ahora azul natural.

3

Me dirigí a la puerta E8 del puerto de El Pireo para embarcar en el ferri que iba de Atenas a la isla griega de Poros. Todo el mundo debía llevar mascarilla en el transporte público. Fue una travesía turbulenta. La tripulación recorría el barco repartiendo bolsas entre aquellos que alzaban la mano para indicar que tenían náuseas tras sus mascarillas. El sol otoñal iluminaba las olas egeas que el viento levantaba. Tras la irrupción de la pandemia en la tercera década del siglo XXI, en las paredes de la embarcación colgaban anuncios plastificados que advertían a los pasajeros de que mantuvieran entre sí una distancia de un metro y medio. El folleto de seguridad del bolsillo de mi butaca prometía que cada chaleco salvavidas disponía de un silbato. En la pared había dos pantallas contiguas, una con un anuncio de una marca de estufas, la otra con el de un helado. Enfrente de mí, una pareja con asientos de pasillo llevaba viseras de plástico transparente bajo las cuales se habían puesto no una, sino dos mascarillas quirúrgicas. Tomaban café con hielo a través de una pajita y, para sorber por ella, habían agujereado las mascarillas. Mientras el ferri se balanceaba sobre las olas iluminadas por el sol, Rajesh me envió un mensaje de texto sobre los terremotos de Grecia. Se había pasado un rato buscando la magnitud en la escala Richter del que hacía poco había causado daños en Grecia y Turquía. Le llamé para preguntarle qué tal le iba en Londres. Me contestó que, si tuviera que llevar un silbato en el bolsillo de la chaqueta para hacerlo sonar cada vez que se sintiera angustiado, no se lo quitaría nunca de los labios. Me pareció mejor no mencionar la petición de Bella de que pagara su parte de la hipoteca. Me puse los auriculares y pasé el resto del viaje escuchando el concierto para violín que Philip Glass había dedicado a su padre. Oía los latidos de mi corazón mientras contemplaba las deslumbrantes olas.

4

Había quedado con mi alumno y su padre delante de un hotel del puerto. Me dirigí hacia el establecimiento, que parecía cerrado, de modo que me senté en los desiertos escalones de la entrada. Todavía notaba el sabor del ouzo en los labios.

El sol de la tarde iluminaba dulcemente la torre azul del reloj construida en lo alto de la colina entre olivos y cipreses. Los violines del concierto de duelo y el ritmo del barco aún no habían abandonado mi cuerpo. Al cabo de un rato alguien gritó: Está allí. Era Marcus, a quien solo había visto por Zoom. Arrastraba a su padre hacia mí tirándolo del brazo. Llevaba una camiseta hasta las rodillas y chanclas con grandes margaritas de plástico blanco en la punta. Cuando agité la mano, su padre gritó: Cálmate, hombrecito. Marcus tenía trece años. Caminaron hacia mí bajo el sol y las chillonas gaviotas.

El padre de mi alumno alargó el brazo para estrecharme la mano. Llevaba traje y zapatillas de deporte de una marca cara.

Por favor, llámame Steve.

Se había recogido el pelo en una coleta desaliñada. Estaba metido en algo del transporte marítimo, era originario de Baltimore y rico, pero tenía pinta de haber sido hippy y haber creído en la paz y la promiscuidad. Por lo visto tenía un problema con el coche, que durante el trayecto hasta el puerto había estado parándose y arrancando. Steve consideró que sería mejor que yo fuera en taxi a la casita que habían alquilado para mí. La sirvienta estaría allí y me enseñaría cómo funcionaba todo. Steve quiso saber qué planes tenía para el fin de semana. Le conté que el domingo iría a bucear en busca de erizos de mar.

¿De quién es el barco?

De un hombre llamado Vass, respondí.

Steve sonrió de oreja a oreja. Sí, los métodos de pesca de Vass son muy rudimentarios.

Llamó a voces a alguien, y antes de que me diera cuenta había llegado un taxi.

Eres famosa, Madame Azul, me dijo. Deseamos que todo transcurra lo más plácidamente posible. Del bolsillo de la chaqueta sacó un librito negro y me pidió mi autógrafo al tiempo que me ponía en la mano una gruesa estilográfica de plata. Firmé en el libro: «Elsa M. Anderson». No te olvides de quitarte el sombrero cuando vayas a buscar erizos de mar, bromeó.

Nos vemos el lunes, Marcus, dije. En los botes de pesca tintineaban campanillas de viento. Las gaviotas volaban sobre las redes amontonadas en las cubiertas.

Di algo, hombrecito. El padre de Marcus le dio un codazo en el brazo.

Marcus levantó la mano derecha y agitó los dedos hacia mí. Luego se agachó para enderezar la margarita blanca de una chancla.

Bueno, Marcus, buscaremos un mecánico para averiguar qué le pasa al coche, ¿vale?

Steve subió el volumen de su voz. Como si hablando alto fuera a conseguir de algún modo que se marchitara la llamativa margarita de plástico de la zapatilla de su hijo.

El mundo giraba lentamente hacia atrás, hacia un recuerdo en el que Arthur iba a recogerme al colegio con una leve capa de rímel en las pestañas. Estaba en el patio hablando con un padre sobre los nocturnos de Chopin en si bemol menor y mi bemol. El padre había llegado en el monopatín de su hijo. Mientras el hombre ajustaba una rueda, Arthur le explicaba que los nocturnos eran breves composiciones para piano inspiradas por los estados de ánimo y sentimientos propios de la noche. El hombre le interrumpió para preguntarle en voz muy alta si no llevaría por casualidad una llave inglesa en el bolsillo.

La sirvienta me esperaba en la casita. Llevaba mascarilla. Busqué la mía en el bolsillo de la chaqueta. En las mesas de todas las tabernas había un bote de desinfectante de manos, nada bueno para las mías, elaborado con al menos un setenta por ciento de alcohol. Había leído una noticia sobre una pareja de borrachos que habían forzado los dispensadores de un hospital de Londres para bebérselo. Mi agente me había dicho que lavarse con agua y jabón era un método más efectivo para eliminar los gérmenes, como si hubiera estudiado medicina. Yo tenía las manos aseguradas en millones de dólares en Estados Unidos. Debía cuidarlas. Era fundamental masajearlas, tamborilear con los dedos para favorecer la circulación, sumergirlas primero en agua caliente y luego en agua fría, mantener las uñas cortas, no usar esmalte ni anillos, hidratarlas, estirarlas, evitar astillas y cortes, tratar de dormir sin tumbarme sobre los brazos.

Una vez que ambas llevamos puesta la mascarilla, lo cual nos impedía interpretar con facilidad la expresión facial de la otra, tuvimos que recurrir al traductor de nuestros móviles para entendernos. Del griego al inglés, del inglés al griego. Desistimos al cabo de un rato. Me mostró la caja de los fusibles, con los interruptores para el agua caliente, la cocina, las lámparas de diversas habitaciones, pero todos llevaban etiquetas en griego. Tendría que consultar en el traductor de mi móvil qué interruptor correspondía al agua caliente de la cocina y cuál a la del cuarto de baño. El vendedor de los caballos tenía razón. Esos mandos cumplían la misma función de apagado y puesta en marcha que la cola de los caballos, pero no despertaban la misma emoción. A fin de cuentas, el calentador no se arrancó a bailar cuando le di al interruptor. Y, sin embargo, en realidad el mecanismo era idéntico. Arriba para poner en marcha, abajo para apagar.

En el pequeño jardín de detrás de la casa aparecieron tres sapos para saludar al repentino chaparrón. Sobre las flores de color naranja pálido plantadas alrededor de una higuera se habían posado mariposas blancas. El aire era cálido y fragrante. Aquel primer día en Poros tuve la sensación de que la mujer que había comprado los caballos se encontraba muy cerca de mí.

Tal vez lo sea, le dije a la mujer.

¿Tal vez seas qué?

Famosa.

Y estés huyendo, dijo. Huyendo de tu talento y de los hombres.

Sabía que eran mis propios pensamientos, pero me entristecieron un poco.

Un poco no, mucho, apuntó ella.

Decidí pensar en la mujer que había comprado los caballos como mi doble. Oía su voz como si fuera música, un estado de ánimo, y a veces una combinación de dos acordes. La mujer me daba miedo. Sabía más que yo. Me hacía sentir menos sola.

Por algún motivo el ordenador portátil no me permitía pasar de la hora británica a la griega, de modo que tenía que estar añadiendo siempre dos horas a la británica. Si en Londres eran las cinco de la tarde, en Poros eran las siete. Esa curvatura del tiempo, hacia atrás y hacia delante, acentuaba la irrealidad de estar en Grecia tras el largo confinamiento. Entretanto, había telarañas en los rincones de todas las habitaciones de la casita. El viento las agitó cuando abrí las ventanas. Esas telarañas habían sido rechazadas hacía mucho por sus creadoras, igual que yo.

Era azul natural.
Soy azul natural.
Era, soy.

De vez en cuando ensayaba algo en mi mente, una sinfonía embrionaria, una impresión mental de combinaciones armónicas. Eran las notas que se me habían metido dentro la noche que toqué en Viena.

Estaba desenvolviendo el test rápido de antígenos del SARS CoV-2 que iba a hacerme allí, en Poros. Fabricado en Hangzhou, China. Supongo que ese artilugio era historia humana.

Estás esquivando tu propia historia, dijo ella.

Estaba esquivando mi propia historia. Hasta que cumplí los cinco años mis padres de acogida me llamaban Ann. Tenían un piano, un Wurlitzer vertical, eso era lo importante, y contrataron clases de piano. Una mujer iba a casa los sábados, y luego también los miércoles y viernes. Con tres clases a la semana y todas las horas de práctica, yo vivía entregada al piano, apenas si tenían una hija. Desde luego, no una hija alegre. Eran buenas personas. A veces me preguntaban: ¿Eres feliz, Ann? Yo procuraba no mirar sus ojos suplicantes. Después el Wurlitzer desapareció. Al adoptarme Arthur, me convertí en Elsa. Mucho más tarde, cuando empecé a ganarme la vida, pedí a Arthur que enviara dinero a esos padres de acogida para devolverles lo que habían gastado en las clases. Lo consideró innecesario. A menos que deseara contactar con ellos, le parecía mejor olvidar el asunto. Siempre se mostraba muy directo conmigo a ese respecto. No, dijo, no quiero que pienses que debes pagar por tu talento y tus aptitudes, y tampoco, añadió dándome unos golpecitos en la nariz, deberías pagar por haber nacido y haber sido cuidada razonablemente bien. Me cuidaron más que razonablemente bien. Me ofrecieron su cariño, pero yo era incapaz de sentirlo.

Me pasaba algo en los ojos. Quería llorar pero no me salían las lágrimas. Aunque de mis labios escapaban sonidos de llanto, las lágrimas, las húmedas lágrimas, no afluían. Arthur me había dicho que, después de echar a perder el Raj en un concierto importante, el único escenario que se me ofrecería en Londres sería la estación de St. Pancras. Los pasajeros arrojarían monedas en un vaso de cartón mientras yo tocaba uno de los pianos desafinados de la zona de tiendas.

¿Y qué había ocurrido aquella noche en Viena?

Olvidé dónde estábamos bajo la batuta de M. Mis dedos se negaron a ejecutar las grávidas progresiones de acordes menores naturales que se encadenan en la pieza. Tampoco fui capaz de tocar las armonías más ligeras y delicadas. La estructura de la potente composición de Raj se había deshecho. Al ver al hombre de Atenas introducir las pilas AA en el vientre de los caballos, caí en la cuenta de que las letras AA eran las iniciales de mi nombre de pila, Ann Anderson.

Tal vez estés haciéndolo, dijo ella.

¿Tal vez esté haciendo qué?

Buscando señales.

¿Qué clase de señales?

Motivos para vivir.

No era un susurro.

Lo oí como un estribillo, quizá incluso como un título.

Aquella noche estuve a punto de pisar un insecto grande que yacía en el suelo de piedra de mi dormitorio. Tenía hormigas pululando alrededor y por encima.

Pensé que era una oruga. Hasta que le vi las pinzas y me di cuenta de que era un escorpión. Encontré una espátula en el cajón de la cocina, lo recogí con ella y lo tiré al jardín desde el balcón. Me recordó al animal tejido en el kílim que Arthur tenía en la sala de música de Richmond. A menudo lo miraba fijamente mientras practicaba la euforizante *Fantaisie-Impromptu, opus 66*, de Chopin.

Consulté la previsión meteorológica en mi portátil desincronizado. Al día siguiente, para la expedición con Vass, soplaría un viento de treinta y tres kilómetros por hora. Al parecer nos acompañaría Tomas, amigo de Max y director de documentales berlinés. Me hacía mucha ilusión la excursión en barco. Era sin duda un motivo para vivir. Cuando tenía doce años, Arthur me llevó a veranear a una casa alquilada en Devon, a orillas del río Dart. Por las mañanas practicábamos el *Preludio y fuga número 2 en do menor* de Bach, y por las tardes yo quedaba libre. Arthur me descubrió a Bach. Su tarea, me dijo, consistía en despertar cuanto estaba dormido en mi interior. Y luego podría escapar.

Había un bote amarrado en el embarcadero. Aprendí sola a usar los remos y luego dejé que me llevara la corriente. Tumbada de espaldas, contemplé las aves de los juncos y las cambiantes nubes. Sola por fin. Mi cuerpo era largo y esbelto. Parecía que estaban creciéndome los pechos. Me quité la camiseta y los miré. Eran privados y eran míos. También me estaba saliendo vello. Ahí abajo. Deslicé los dedos por debajo de los pantalones cortos y lo palpé; era suave y sedoso. El sol inglés iluminaba mi estómago y mis nuevos pechos. El agua chapoteaba contra los costados del bote.

Cuando volví remando al embarcadero había música en mi cabeza, una frase que se repitió seis veces. Supongo que era una especie de diario personal, aunque no escrito con palabras. Las aves, el chapaleo de los remos, preguntas sobre el sexo, no tener madre ni padre, una maraña de moras que maduraban en un campo próximo a la casa de mi infancia. Había hecho un pacto con Dios. Si cogía una mora cerca de ese campo, moriría. Me revelaría algo que acabaría conmigo. Tenía tanta prisa que me arañé los brazos en los setos mientras regresaba a la casa de verano. Sabía que en su interior Arthur estaba escuchando y desaprobaba lo que oía. A fin de cuentas, llevaría toda una vida aprender a tocar a Bach.

5

Vass decidió navegar a pesar de todo. Dijo que el viento amainaría. Después de salir del puerto el barco estuvo unos veinte minutos con la proa inclinada hacia arriba. El amigo de Max, Tomas, que iba a pasar el día en la embarcación con nosotros, se mareó. Tenía unos treinta años y llevaba gafas redondas con montura de pasta. Vass le dijo que no apartara la vista del horizonte, que eso aliviaría las náuseas. Ambos miramos al horizonte. En tierra firme había habido un incendio forestal, avivado por el viento. Una gruesa franja de humo flotaba en el cielo. Su penetrante olor impregnaba el aire. Tomas no tardó en vomitar sobre sus sandalias griegas de cuero recién estrenadas. Se le cayeron las gafas, que acabaron en un charco de vómito. Vass le recomendó que bajara a tumbarse en la cama. De vez en cuando me indicaba que le diera agua «al paciente». Recogí las gafas y Vass me enseñó a abrir la pequeña ducha de cubierta para lavarlas. Tomas estaba acostado de espaldas. Vestía pantalones cortos y una camiseta blanca, ahora salpicados de vómito. Cuando le di las gafas me fijé en que tenía los ojos azul grisáceo, quizá del color del humo. El pelo, castaño claro, le llegaba hasta los hombros. Rodillas bronceadas, picaduras de mosquito en las canillas.

Me dijo que había comprado una caja de pastas para los tres, que la tenía en su bolsa y que, por favor, comiera las que quisiera, eran pastelillos de almendras, una especialidad de la región. Metí la mano en la bolsa. Tomas llevaba en ella una botella de agua, un tubo de protector solar, seis latas de cerveza y un libro sobre la cineasta francesa Agnès Varda. La caja de pastas era pequeña y estaba atada con una cinta verde. Antes de vomitar otra vez, Tomas me dijo que yo era buena.

Tal vez lo sea.

Cuando el viento remitió y fondeamos en una bahía protegida, Vass se zambulló en el mar. Se lanzó de cabeza, con un tenedor en la mano derecha, un tenedor de mesa normal y corriente, y una bolsa de plástico azul en la izquierda. Era capaz de aguantar la respiración tres minutos bajo el agua mientras clavaba el tenedor en el erizo, lo hacía girar a izquierda y derecha y lo arrancaba de la roca. Me dijo que, si yo hacía lo mismo, entre los dos mataríamos suficientes erizos para darnos un festín al ponerse el sol. Yo también podía aguantar la respiración bastante rato bajo el profundo Egeo, pero necesitaba salir a la superficie más a menudo que Vass. Procuré protegerme los dedos de las púas mientras hundía el tenedor en el erizo y lo removía antes del desgarro. El sol penetraba en el agua y yo nadaba en la luz.

El largo confinamiento de la pandemia había mejorado la transparencia del mar. Había muchos erizos en las rocas. Alcancé uno con el tenedor, mi pelo azul trenzado y recogido en lo alto, los brazos estirados hacia fuera y hacia arriba. Descubrí que era brutal. Ya tenía unos siete erizos en mi bolsa azul. Cuando subí a la superficie para respirar, vi que Vass seguía bajo el agua, trabajando con el tenedor. Volví a nado al barco, con tres púas clavadas en los dedos.

Tomas se había recuperado. Estaba duchándose desnudo en cubierta y cantando. Me mantuve apartada mientras se vestía, con los pantalones cortos empapados, pues había tenido que lavarlos para quitar el vómito. Se acercó a mí con dos latas de cerveza y la caja de pastelillos de almendra.

Eres una máquina de matar en biquini, dijo.

Mientras bebíamos cerveza, contemplamos el humo que avanzaba por el cielo. El olor del incendio forestal en tierra firme me evocó algo relacionado con la quema de paja en las granjas cercanas a mi primer hogar, en Suffolk. Los agricultores prendían fuego a los restos de heno a fin de disponer de espacio para los semilleros de invierno, pero cuando yo tenía cinco años se levantó el viento y se desató un gran incendio que arrasó los pueblos de los alrededores. La mujer que me daba clases de piano nos contó que había perdido todas las lechugas. Las ventanas de la casa de mi infancia habían estado abiertas y una capa de ceniza cubría la parte superior de mi piano. El Wurlitzer vertical. La ceniza también se había colado en sus entrañas. Se habló de buscarle otro piano a la niña prodigio. El día que bajé de mi habitación y vi que el Wurlitzer había desaparecido sentí un desgarro. Como el erizo de mar arrancado violentamente de su roca. Me había aferrado a aquel piano y de pronto había una ausencia en el espacio que antes ocupaba. Una oleada de pánico invadió mi cuerpo. Alargué la mano para coger un pastelillo de almendras, dulce y jugoso cual mazapán, como si fuera un medicamento que pudiera mitigar un dolor que resurgía en el presente.

Cuando Vass regresó al barco, Tomas y yo estábamos borrachos. Habíamos abierto cuatro cervezas y Tomas me cantaba un tema de Joni Mitchell. «Big Yellow Taxi». El tono era demasiado alto para él, pero disfrutaba con el reto de encontrar en su interior una voz totalmente ajena a la suya, que era grave. Vass se dejó llevar por el ambiente y cantó con nosotros el estribillo mientras abría los erizos.

Las entrañas de los animalillos eran viscosas, saladas e intensas. Tomas todavía tenía náuseas. Nos dijo que no podía comérselos, pero que me ayudaría a arrancarme las púas de los dedos.

Vass me había dado un cuenco con agua caliente y me había indicado que los sumergiera en ella. Pregunté a Tomas qué tipo de películas hacía. Sobre todo documentales, contestó. Le gustaba Agnès Varda porque la cineasta había afirmado una vez que hacía documentales para recordar la realidad. Ahí estaba yo, en esa realidad, viviendo la vida en el barco de Vass mientras Tomas arrancaba con unas pinzas las púas de mis manos aseguradas. Tenía la derecha sobre el regazo de Tomas y noté su erección. Fue excitante, la extracción de las púas clavadas en mis dedos y el deseo de Tomas.

6

En los primeros cinco minutos de la clase Marcus me dijo su pronombre y persona verbal favoritos. Ellos no estaban seguros de que el piano fuera su instrumento. Ellos preferían el violonchelo, pero sobre todo preferían a su cachorro antes que ningún instrumento. Marcus me presentó a Skippy con más entusiasmo que el que mostró por cualquier otra cosa. Skippy era un nombre sentimental para un perro tan feroz, un pastor alemán de quince meses, negro y marrón y enamorado de Marcus. Lo primero que hizo fue tratar de comerse mi sombrero. El sombrero de la mujer. Marcus me preguntó por qué lo llevaba siempre puesto.

Lo robé, respondí. Mi joven alumno me miró con un nuevo respeto.

Al cabo de un rato oímos que algo se rompía. Es Skippy, que está destrozando la casa, dijo Marcus. ¿Eres sensible al ruido?

Les conté que Mozart tenía un oído tan delicado que se desmayaba si una trompeta sonaba demasiado cerca. Marcus se tronchó de risa.

Pensé que tenían talento pese a sus pocas ganas de practicar con el piano. Intuí que para Marcus ese instrumento no podía hablar por ellos.

Propuse que practicáramos con el violonchelo, su segundo instrumento. Marcus tocó la zarabanda de la *Suite para violonchelo número 1* de Bach.

Pero estáis aguantando la respiración, les dije.

Pasamos la mayor parte de la clase conversando. Pregunté a Marcus si creían que la relación con nuestro instrumento era tan complicada como cualquier otra relación en la vida.

Al cabo de un rato violonchelo y niño comenzaron a respirar juntos. De todas formas, Marcus tenía que seguir con el piano porque por eso estaba yo allí. Me senté en una silla a su lado mientras tocaban. Cuando quise corregirles un error, les levanté la muñeca del teclado. Me estás robando la mano, dijo Marcus, igual que robaste el sombrero.

Decidí que no lo haría nunca más.

Su madre, que era noruega, parecía orgullosa de su vivaracho y encantador hijo. Cuando me marchaba, me dijo: Sabemos lo del concierto de Viena, como todo el mundo, pero en lo que a mí respecta me siento afortunada de tenerte aquí. Dejó noventa euros en la mesa y fingió mirar algo en el móvil mientras yo cogía los billetes y los guardaba en el monedero.

Me gusta oírle tocar el violonchelo, añadió. Alegra la casa.

Por lo visto Marcus no había compartido su pronombre y persona verbal predilectos con la familia. Su madre me contó algunos recuerdos de su país natal, como que las gambas eran más sabrosas en enero, cuando el agua estaba fría, y que compraba unas cigalas suculentas en un barco anclado en el puerto de Oslo.

Hei!, gritó a su hijo.

Hei!, le gritó Marcus en respuesta.

Llevaba los labios pintados de color albaricoque, el pelo rubio recogido en un moño alto, al estilo de Brigitte Bardot. Los pequeños diamantes de sus orejas, del tamaño de cabezas de alfiler, destellaban en los lóbulos cual diminutas lágrimas.

Invité a Marcus a tomarse un helado conmigo en una cafetería. Me sentía a gusto en su compañía. Marcus dijo que ellos preferirían una limonada y se la tragaron en tres segundos. Los niños del pueblo no paraban de pedirles que se incorporaran a la orquesta local. ¿Por qué no? Os gusta tocar con otros músicos, ¿no? Reconocieron que sí, pero había problemas. ¿Qué tipo de problemas? Marcus tiró de la margarita de la chancla derecha y se las arregló para arrancarla. Pasamos el resto de nuestra cita buscando la manera de volver a fijarla en las tiras entrelazadas de la puntera. Mientras tanto, Marcus me informó de dónde podía comprar zapatillas griegas. Al principio se confeccionaban en cuero, me contaron, con cincuenta clavos en la suela. Cada una tenía un gran pompón de lana en la punta. Al parecer, durante la Revolución griega el pompón se usaba para esconder objetos punzantes, como si, añadió Marcus con una risita, pudieras sacar una daga oculta en un pompón.

Me preguntaron por qué había robado el sombrero. Les hablé de la mujer que se me había adelantado con los caballos. A Marcus le pareció una situación disparatada. Mostraron interés por Arthur Goldstein.

Creo que le he decepcionado, dije.

Sí, dijo Marcus. Yo también he decepcionado a mi padre. Se supone que debería ser su pequeño yo, pero le dejaré ese papel a mi hermano mayor.

¿Dónde estaba su hermano mayor?

En Inglaterra, en un internado.

Se pusieron a sorber por la pajita, que produjo un sonido sibilante porque el vaso estaba vacío. El viento levantó de la mesa las servilletas blancas, que flotaron un rato por encima de nuestras cabezas.

Marcus estiró el brazo para tocarme el pelo.

Soy azul natural, afirmé. He traído tres botes de tinte en aerosol. Por cierto, quiero que practiques la *Sonata para piano número 1 en do menor, opus 49*, de Brahms.

Era una tarea imposible incluso para un alumno con un talento tan excepcional como Marcus.

He visto fotos de Arthur Goldstein. Marcus fingió no haberme oído. Tiene más o menos la misma altura que Skippy. Y es gay.

Sí, dije, no ha habido un solo día en que no haya vivido sin la amenaza de la violencia y el ridículo, sobre todo en su juventud. A fin de cuentas, nació en 1941. No le resultó fácil adoptarme, pero ayudó el hecho de que fuera un profesor respetado en todo el mundo. Conté a Marcus que, cuando yo tenía seis años, Arthur me había dicho: Si te doy clases, te llevaré muy lejos de tu vida tal como la conoces.

Ojalá tú me llevaras lejos de mis padres, dijo Marcus. ¿Por qué no montas un colegio?

Le expliqué que también había ido a un colegio como es debido. En el de Arthur no había más alumnos internos que yo. Solo clases, conciertos y cursos de verano. Arthur deseaba que aprendiéramos a tocar juntos, a ser más metódicos. A los dieciséis años me enamoré del director de un conservatorio de Estonia que había acudido a la escuela de verano para oírnos tocar. Tenía treinta y cuatro años, los mismos que yo ahora, era guapo, carismático. En su opinión, Arthur había descuidado algunos aspectos de mi técnica, y yo estaba cegada por el anhelo y la lujuria. Casi me desmayé tocando un dueto con él, sus codos y dedos muy cerca de los míos, pero Arthur enloqueció al darse cuenta y le ordenó que hiciera las maletas y regresara a Estonia. Cuando le pregunté por qué, Arthur dijo: ¿Cómo que por qué? Porque estoy enamorado de él y él prefiere a mi mejor alumna. Marcus se echó a reír.

¿Tal vez al hombre de Estonia le gustaban los hombres más altos?

Mientras tanto, dije, también puedes practicar la emocionante *Sonata para violonchelo solo* de Ligeti.

Lo que sea para escapar de papá mientras trabaja en casa, dijo Marcus.

Me pareció que su padre ya había escrito la composición del muchacho, lo cual me enfureció por mis propias razones. Me había pasado toda una clase animando a su hijo a no aguantar la respiración, así que le pregunté a Marcus cómo se relajaban.

Me gusta bailar con Skippy canciones de Prince.

A mí me gusta ver a Isadora Duncan bailar en YouTube.

¿Quién es esa?

La madre de la danza moderna.

¿Cómo de moderna?

Nació en 1877.

7

Empezaba a entablar amistad con Tomas, el que se había mareado en el barco. Planeaba trasladarse a París al cabo de unas semanas para escribir su documental sobre Agnès Varda. Alquilamos ciclomotores para desplazarnos por la isla. Él era un conductor cauto; yo lo adelantaba a menudo y hacía sonar con fuerza el claxon al pasar por su lado. También lo adelantaban todos los taxistas, e incluso un ciclista de setenta y cinco años.

Quería saber más sobre mi vida como concertista de piano. Me di cuenta de que estaba aguantando la respiración.

Tal vez mi vida se hubiera roto en pedazos hasta tal punto que no tenía sentido recomponerla otra vez para Tomas.

A solas con las telarañas de la casita de Poros, me preparé una ensalada de sandía y queso feta. De vez en cuando oía la resonancia de medianoche de la mujer que había comprado los caballos. Presté atención a su tono y lo anoté para crear una especie de partitura mientras el sol se hundía poco a poco en el mar refulgente. Isadora Duncan también ocupaba mis pensamientos, como de costumbre. Por encima de todo, ella creía en lo que llamaba libertad de expresión: «Os mostraré lo hermoso que puede ser el cuerpo humano cuando baila inspirado por pensamientos». Cabe suponer que se refería a los pensamientos que la impulsaban hacia arriba y hacia fuera.

Hay pensamientos que me impulsan hacia dentro y hacia abajo.

Es degradante expresar esta soledad que siento en mi interior. Dudo que sea capaz de tomarme la libertad de encontrar en la música un lenguaje para manifestarla. Después de todo, he aprendido a ocultarla. Los viejos maestros son mi escudo. Beethoven. Bach. Rajmáninov. Schumann. La vida interior de todos ellos posee un valor sin medida.

Estás hablando en presente, dice ella.

Me veo en el espejo con su sombrero puesto.

Tal vez esté haciéndolo.

¿Tal vez estés haciendo qué?

Buscando motivos para vivir.

Aún tenía una púa de erizo de mar clavada en el dedo cuando escuché las noticias del mundo en mi ordenador portátil. El salado queso feta. La jugosa y dulce sandía. Las mariposas que se posaban en el níspero del jardín. La voz robótica de la locutora leyendo las noticias. Cigarras. Higos que caían de los árboles. Risas en el jardín de abajo.

No tendría que haber sintonizado las noticias.

Dentro de mí, muy muy dentro de mí, sin ancla, la ira contra quienes protagonizaban las noticias. La misma lengua de siempre. La misma composición. Repetida una y otra vez. Con el tiempo se erigiría una estatua en su honor en cada gran ciudad del mundo. Junto a sus dobles de bronce, los esclavistas y capitanes del imperio.

Tal vez lo esté.

¿Tal vez estés cómo?

Destrozada.

Aquella noche, mientras seguía escribiendo, cancelé mis pensamientos más tristes. No los hice desaparecer, sino que continué enamorada de los brazos y pies descalzos de Isadora. Era una forma de estar en el mundo. Hacia arriba y hacia fuera.

8

La siguiente clase con Marcus fue turbulenta. Al parecer se habían peleado con su padre y era evidente que habían estado llorando. Les propuse que tocaran el violonchelo mientras yo improvisaba al piano. Lo hicimos durante un rato.

Me sorprendió el aplomo de Marcus mientras tocaban, su elegancia y atención. Me equivocaba al pensar que no se tomaban nada en serio. Durante el descanso vimos las películas de Isadora en mi móvil. Oíamos a sus padres discutir arriba. Steve trabajaba desde casa, lo cual era un problema para su hijo y su mujer. Era una presencia enorme. ¿Y si intentamos bailar como ella?, propuse.

Tú bailas, dijo Marcus, y yo me encargo del piano. ¿Qué toco?

Encontramos la partitura de una sonata de Schubert y Marcus ocupó mi sitio en la banqueta del piano. Me desaté las sandalias griegas de cuero, que eran nuevas, y me solté la trenza. Resultaba embarazoso, ridículo, tratar de imitar un lenguaje tan arcaico y peculiar. Un estilo de danza tan ligado al ballet, pero que había chocado con la mayor parte de sus convenciones. Al cabo de un rato concluí que era más interesante respetarlo que burlarse de él.

Levantar el brazo derecho y luego la mano izquierda y transmitir una respuesta a la humillación de la Sala Dorada de Viena me acercó más de lo que deseaba a los pensamientos que había cancelado. Marcus acompasó la música a mi danza tal como ellos la sentían, así que al final improvisaron a partir de Schubert pero creando algo distinto. Me percaté de que Marcus poseía una profunda inteligencia musical. Al cabo de un rato propusieron que intercambiáramos los papeles. ¿Y si yo tocaba a Schubert y ellos hacían la Isadora?

Marcus no paró de brincar, correr y caerse, alzar los brazos hacia los dioses, suplicar, implorar, huir de su ira y su trueno. Schubert no concordaba con el estado de ánimo, así que toqué otra cosa. De pronto la puerta de la sala de prácticas se abrió de par en par. Alguien le había dado una patada desde el otro lado. El padre de Marcus entró con un plato de espaguetis a la boloñesa en la mano. Estaba en el sótano, dijo, intentando trabajar en el ordenador, pero le llegaban todos esos golpetazos de la sala de prácticas. Y ahora que quería comer, el ruido era aún peor. Me preguntó delante de su hijo si era profesora de danza o de música. ¿Para qué me pagaba? Si era profesora de danza, la tarifa era menor que la de una virtuosa del piano de fama mundial que diera clases a su hijo.

Los músicos tienen que sentir a Schubert en el cuerpo a fin de tocar con sensibilidad, afirmé.

Marcus se había quedado paralizado: estaba arrodillado en el suelo, con los brazos y la cabeza alzados hacia el techo.

Levántate, hombrecito, les ordenó su padre.

Marcus se negó a obedecer.

Steve se acercó a su hijo. Volvió a pedir a Marcus que se levantara. Estaba furioso, dominado por una furia fría. Marcus miraba fijamente a la pared y no se movió. Tenía la rodilla izquierda en el suelo, la pierna derecha estirada, la punta de los pies hacia fuera al estilo de un bailarín de ballet. Los ojos de Steve se desviaron hacia la ventana como si de repente temiera que un transeúnte nos estuviera observando. Fuera, el mar estaba en calma. Dos cipreses se alzaban hacia el cielo. Me dijo que estaba despedida y salió de la habitación.

Propuse que sacáramos a Skippy a pasear hasta el puerto. Bajamos corriendo los escalones que llevaban al mar. Me pareció que el día había estado lleno de belleza, violencia y tragedia.

¿Sabes qué, Marcus? Descansa del piano y toca el violonchelo. Tengo una amiga violonchelista en Atenas. Se llama Bella y te enseñará mejor que yo.

Marcus cogió del camino una piña piñonera pequeña y se la guardó en el bolsillo.

Podéis tocar duetos juntos. El violonchelo es su segundo instrumento. Como deberes te mando componer algo que dure dos minutos y doce segundos. Es difícil, pero es la única norma que te impongo.

Bueno, dijo Marcus, nunca sé lo que estoy haciendo con el violonchelo.

Les conté que Isadora estaba convencida de que, si podía explicar el significado de algo, no tendría sentido bailarlo.

Se me habían desatado las sandalias. Marcus y el perro tuvieron que esperar mientras, sentada en un banco, entrecruzaba las tiras de cuero blanco a lo largo de las canillas. Un nudo en la izquierda, otro en la derecha. El animal tenía la lengua fuera, rosada y húmeda, y sus ojos contemplaban a Marcus con devoción. Cuando vuelvas a Londres, dijo Marcus, envalentonado por el amor de Skippy y por el hecho de que yo no pareciera en absoluto disgustada por el despido, no te pongas más ese sombrero, por favor. ¿Por qué no te compras un gorro de lana con borla?

9

Tomas y yo decidimos ponernos hasta arriba de alcohol juntos en nuestro bar favorito. Nos sentamos en un banco de madera tambaleante, con nuestras rodillas tocándose y un póster de Salvador Dalí clavado en la pared de enfrente.

Bueno, dijo mirándome a través de sus gafas con montura de pasta, ahora que te han despedido y tienes que dejar tu preciosa casita, hablemos de tu forma de conducir.

¿Qué pasa con mi forma de conducir?

Está claro, respondió él, que eres una conductora imprudente y no valoras tu vida.

Está claro, repliqué, que tú tienes demasiado miedo a perder la tuya.

Vaya, dijo con un suspiro, entonces somos una combinación perfecta; tú necesitas más miedo y yo menos.

Pedimos otra ronda de margaritas.

Tomas sentía curiosidad por los vestidos que me ponía para los conciertos. ¿Dónde los tenía? Colgados en mi armario, en Londres. Era como si pertenecieran a alguien que hubiese muerto. Siempre sin mangas. A veces con la espalda al aire. En su mayoría de telas flexibles, fáciles de meter en maletas para los viajes. Le pregunté cómo se vestía él para escribir los guiones de sus documentales.

En Grecia llevaba pantalones cortos y en ocasiones un sarong. En Berlín, más bien vaqueros y jerséis. En París se ponía pantalones más ligeros, tal vez incluso traje si tenía una reunión con ejecutivos. Señaló que yo era más alta que él. Se preguntó si mis padres también eran altos.

No, contesté, mi padre es casi un enano.

Me refería a Arthur. De ninguna manera quería hablar de la historia de la adopción.

Tomas empezó a cantarle «Moonage Daydream» a su margarita.

Yo sabía que en los documentos no figuraba el nombre de mi padre biológico. Arthur me había dicho que ese hombre no era importante, que no había querido reconocer mi nacimiento. Quizá fuera alto. Quizá mi madre biológica fuera alta. Quizá me hubiesen concebido sobre un asno muerto con las cuencas de los ojos putrefactas. ¿Qué sabía yo?

Me gustaría conocerte mejor, dijo Tomas.

Como era mi última noche en Poros, a las dos de la madrugada nos fuimos a nadar a una playa llamada Bahía del Amor. La cala estaba rodeada de pinares, el mar azul en calma y terso como un lago.

Aprovecha, aprovecha, oí decir a mi doble.

¿Aprovechar qué?

Me desvestí y dejé la ropa sobre la arena. No me sentía a gusto con mi cuerpo, ni siquiera en la oscuridad de la noche. Nadie lo había amado, quizá nunca. No recibía las caricias de un amante desde hacía mucho. Yo no sabía qué hacer con él cuando no estaba en conversación con un piano. Tampoco supe cómo reaccionar a la forma en que Tomas me miraba la joya verde del piercing del ombligo.

Nos metimos en la fría agua lisa y, cuando nos zambullimos, reanudé la conversación con la mujer que había comprado los caballos. Mis caballos.

Sí, dijo ella, has levantado la cola. Aprovecha.

Nadé hacia Tomas. Nos acercamos. Le rodeé el cuello con los brazos y posé los labios sobre los suyos. Él temblaba pese a que la noche era cálida. Su deseo era más fuerte que el mío. De pronto tenía sus manos encima y sus dedos dentro.

Yo no quería eso.

Sí, dijo ella, pero ¿acaso hay tempestad mayor que la de dos humanos desnudos besándose? Has levantado la cola y lo has meditado, pero no deseas hacer el amor en la Bahía del Amor. Es razonable. ¿Tal vez el beso sea un ensayo para otra persona, como un concierto?

Me aparté de Tomas y nadé hacia los pinos. Él me alcanzó e intentó besarme otra vez.

No, le dije, no quiero hacer el amor en la Bahía del Amor.

Se mostró decepcionado y dolido, pero supuse que no sería lo peor que le había ocurrido en la vida. ¿Qué hacer cuando no existe el mismo deseo? ¿O al menos suficiente deseo?

Apartarse, dijo mi doble. El deseo nunca es equitativo.

Tomas nadó en solitario durante un rato. Y luego volvió a acercarse.

He cambiado de opinión, dijo. No eres buena.

Nos dimos la vuelta para flotar boca arriba y aspiramos el olor de los pinos.

¿Por qué debería acostarme contigo para ser buena?

Él se rio y yo me reí, pero sin ganas los dos, y luego nos sumergimos para no tener que hablar.

10

Me daba pena irme de Grecia. Sabía que estaba huyendo de todo, pero no quería hundir un tenedor en mi vida y mirarla con excesivo detenimiento. Marcus fue a despedirme al puerto. Su padre, tan dispuesto a controlar el cuerpo de su hijo con sus provocaciones de «hombrecito», estaba en la playa, solo, bebiéndose una botella de whisky. Yo le había contado lo ocurrido a Vass, y este le propuso a Marcus que trabajara para él limpiándole el barco los sábados, pues de ese modo podría escapar de Steve, de Baltimore. Al parecer lo habían visto sentado en varias tabernas pidiendo bebidas a gritos, pero todos hacían oídos sordos y ni siquiera le servían un vaso de agua. De todos modos, me inquietaba que volviera a hacer llorar a su hijo. La madre de Marcus había accedido a concertar tres clases con Bella. Cuando telefoneé a mi vieja amiga para contarle que me habían despedido y confirmarle que tendría un trabajillo, Bella me dijo que estaba encantada de pasarse los días acostándose a todas horas con Max. Estar sin empleo no era tan malo. De momento podía permitirse comprar pan, unas cuantas olivas y tomates y todo el vino barato que podía aguantar. Francamente, Max y ella no se levantaban hasta las seis de la tarde, pero, de acuerdo, aceptaría el trabajo, gracias, ¿y cómo me iba con Tomas?

Corrían los últimos días de septiembre. El mar seguía estando cálido, aunque ahora hacía más fresco por las tardes. Me alegraba de llevar mi sombrero. Su sombrero.

Había metido una ramita de jazmín por dentro de la cinta, así que en mi cabeza, bajo el sombrero, oía el zumbido de baja intensidad de las abejas que habían trabajado en el arbusto del que la había arrancado. Como un dron o algo a punto de explotar.

11

LONDRES, OCTUBRE

Me hallaba en el norte de Londres la siguiente vez que vi a la mujer que había comprado los caballos. Me pareció indecisa respecto a si mirar en mi dirección. Yo estaba sentada con Rajesh en un café turco de Green Lanes. Como siempre, había un embotellamiento de tráfico, pero en otros tiempos, me contó Rajesh, Green Lanes había sido la vía por la que se conducía el ganado llegado de Hertford para sacrificarlo en el este de Londres. A menudo con perros que obligaban a las reses a caminar en fila.

Rajesh había nacido en Dublín y hablaba irlandés con soltura. Tenía buen oído para los idiomas, pero decía que el clarinete era su primera lengua. Había pedido lo que se llamaba El Desayuno para Compartir, que llevaba tres huevos fritos para compartir entre dos, de modo que cuando la vi caminando por Green Lanes lo consideré una señal de que debía sentarse con nosotros. Me levanté y me acerqué a la ventana con la idea de ofrecerle el tercer huevo. La mujer llevaba el pelo recogido en un moño sujeto con una redecilla con diminutas perlas rojas ensartadas.

También esta vez su rostro quedaba oculto por la mascarilla quirúrgica azul que le cubría de la nariz al mentón. No llevaba puesto el sombrero de fieltro porque lo tenía yo. Mientras que yo me sobresalté al verla, ella parecía abstraída, con la atención en otro sitio. Se encontraba cerca de una panadería turca llamada Yasar Halim, con la vista fija en el móvil que tenía en la mano. ¿Acaso se había perdido? Se percibía cierto aire de derrota en la inclinación de sus hombros, lo cual me disgustó porque en Atenas la había visto muy llena de vida. Hacía frío ese día y la mujer llevaba una camiseta con cuello halter, vaqueros de campana y, echada sobre los hombros, una chaqueta de raya diplomática con forro rosa muy parecida a una que tenía yo. En un momento dado se quitó la mascarilla y estuvo tres segundos sin ella. Como para respirar mejor. Inspira espira, inspira espira, inspira espira, y volvió a ponérsela.

Rajesh, que se había quedado solo porque yo continuaba junto a la ventana, estaba zampando pimientos verdes alargados, empanadillas de queso feta, una ensalada de pepino, olivas, tomates y *halloumi*.

¿Qué pasa, Elsa?

No paro de ver a esa mujer, contesté.

¿La conoces?

La vi en Atenas.

¿Y por qué no sales a saludarla? Hundió la cuchara en un cuenco de miel, que a continuación fue vertiendo sobre un pedazo de pan.

Yo solo sabía que no debía salir físicamente a la calle a saludarla. Sabía que la mujer estaba ahí, pero no quería asustarla. Lo sentía con una gran intensidad. Ella también sabía que yo estaba ahí, pero seguía negándose a mirar en mi dirección. Me pregunté si no se avergonzaría de mí. Algo estaba ocurriendo en el cielo. En una azotea, encima de la panadería, se habían posado bandadas de palomas. Y de pronto se elevaron en grupo por encima de la chimenea y volaron juntas hasta otro tejado. Tampoco allí se sintieron a gusto. Nadie se fijó en las nerviosas aves porque todo el mundo miraba al frente, pero la mujer estaba mirando hacia arriba y yo estaba mirando hacia donde ella miraba.

Tengo tu sombrero, le dije en mi mente. Te lo daré cuando devuelvas los caballos.

No se trata de devolverlos, repuso. Solo porque los quieras no significa que puedas tenerlos. Su voz era tenue. Monocorde. Echó a andar hacia una tienda donde vendían joyas de oro para novias y miró con indiferencia las pulseras, los anillos y las gargantillas.

Bueno, ¿cómo te va?, preguntó Rajesh pese a que yo le daba la espalda. Ah, bien, pásame el pan, por favor, gracias. Yo seguía plantada junto a la ventana. Él le pasaba el pan y diversas mermeladas a alguien ausente, a un espacio vacío. El sombrero estaba sobre la silla a su lado.

Las tiendas habían sacado la basura en bolsas negras a lo largo de Green Lanes. Por la noche los zorros urbanos, que, según sabía yo, eran capaces de producir al menos veintisiete sonidos distintos, saldrían a buscar comida para alimentar a sus cachorros. Había también mascarillas quirúrgicas, azules, negras, rosas, tiradas al pie de las farolas y de las bicicletas aparcadas. Todo el mundo se había acostumbrado a ellas. Estaban empapadas de saliva y mocos. Había quienes las llamaban bozales y se negaban a usarlas. Tal vez, a pesar de todo, la mujer no fuera mi doble. Su cuerpo carecía de vigor. Cuando se alejó en dirección a Turnpike Lane, concluí que se trataba de un caso de error de identidad.

Por fin me senté.

¿Así que no quieres ir a saludarla?

Negué con la cabeza.

Por cierto, añadió Rajesh, ejem, este es un desayuno para compartir. De momento lo he compartido conmigo mismo. ¿Qué tal la vuelta a Londres?

Le conté por qué me habían despedido del trabajo en Poros. Estuvo riendo unos dos minutos y luego se rio otra vez durante doce segundos. Le rodaban lágrimas por las mejillas. Se las enjugó con la servilleta, blanca y almidonada.

¿Qué narices, Elsa? O sea, Isadora Duncan era ridícula.

Tenía que serlo, respondí, porque estaba creando algo nuevo. Fue la madre de la danza moderna.

Y luego le hablé de las hormigas que corrían por el borde de la bañera de mi piso de Londres. Había un hormiguero en algún lugar del cuarto de baño. Todos los días avanzaban en filas resueltas a mi alrededor mientras me bañaba. Allí no encontrarían nada de comer, solo jabón, champú, dentífrico. Rajesh me aconsejó que comprara tres trampas para hormigas. Los insectos correrían hacia el cebo de néctar envenenado del interior y después envenenarían su nido. Le escuché, pero no me sentí muy motivada. Luego tendrás que averiguar de dónde salen y sellar la entrada, añadió. Era como si las hormigas hubieran encontrado un portal a mi mundo. Los caballos eran asimismo un portal a otro mundo.

Tal vez no lo sean.

¿Tal vez no sean qué?

Un portal. De todos modos, ese mundo está en tu interior.

Deseaba continuar la conversación con ella, pero habíamos perdido la señal en Green Lanes.

Le conté a Rajesh que, desde que había echado a perder el Raj, al salir de casa daba media vuelta y entraba otra vez para comprobar que había apagado la cocina de gas. Me dijo que él hacía cosas parecidas. Ahora le preocupaba que su frigorífico estallara. ¿Por qué? Emitía un sonido gemebundo por la noche. Además, estaba agobiado por los kilos que había engordado. Durante el confinamiento no había parado de comer. Todos los días sentía ansias de carbohidratos. Bollos, pan de soda, panecillos tostados, galletas de todo tipo, en especial las de cardamomo que vendían en la confitería india cercana a Turnpike Lane. De hecho, durante el primer confinamiento, entre las prácticas de la *Serenata para clarinete y piano* de

Schubert, había encontrado una tienda que todos los días del año le suministraba sus panecillos de Pascua preferidos.

No nombres a Schubert, dije estremecida.

Es muy relajante tocar cuando hay gente muriendo en tu calle, dijo, pero, de todos modos, se resentía del suministro inagotable de esos bollitos de Cuaresma. El tiempo se había vuelto extraño durante la pandemia. Los mejores momentos de Rajesh en el gran confinamiento habían sido cuando preparaba la cena y se la comía en la bañera.

¿Por qué en la bañera?

También veía películas en ella. ¿Crees que he engordado?

Los ojales de la camisa se le tensaban y la barriga le caía sobre la cinturilla.

No, le dije, para nada.

En cualquier caso, continuó, lo que de verdad eché de menos en los confinamientos fue salir a tomarme un buen café. Saborear un café con espuma de leche. Si mi identidad es tan frágil que necesita un café con espuma de leche para no desmoronarse, no le veo ningún sentido a los años que he pasado leyendo abstrusas teorías y filosofía. El capitalismo me vendió un café con espuma de leche como si fuera una taza de libertad.

Ahora que no tenía trabajo, iba a comprar para sus vecinos, Alizée y Paul, una pareja de ancianos, lo cual era un alivio, pues proporcionaba una estructura a sus días y le hacía sentirse útil, aunque también le agobiaba. Habían aguantado un largo matrimonio, sesenta años juntos, siempre tenían las manos entrelazadas, acababan las frases del otro, predecían las necesidades del otro.

Sus otros vecinos le daban a la astrología y la heroína. Le habían dicho que sus colores de la suerte eran el violeta y el dorado, sus números de la armonía el tres y el nueve, su pájaro de la suerte el buitre. Pero ¿en qué posición le dejaba eso, a solas con su clarinete, a solas con su frigorífico gemebundo y los panecillos de Pascua vendidos durante todo el año, sin posibilidad alguna de encontrar buitres en Salisbury Road?

Y ya no podía abrocharse los pantalones.

¿Quién desearía mantener relaciones sexuales con un adicto a los bollitos de pasas deprimido y gordo? Ni siquiera le apetecía tener sexo consigo mismo. Cuando a veces intentaba seducir a su pene para excitarlo, este no quería saber nada. En cambio, prosiguió, fíjate en los tipos de ese restaurante turco que están troceando pimientos para asarlos en brochetas por la noche. Otro cortaba en rodajas tomates, pepinos y cebollas para las ensaladas, y eso que solo eran las nueve y media, hora británica. Sentaba bien, afirmó Rajesh señalando a los hombres con delantales blancos que despiezaban medio cordero colocado sobre una losa de mármol, observar esos preparativos de la cena, aunque él fuera vegetariano; vale, comía pescado, pero al menos los peces no tenían pezuñas.

Algunos días pensaba que era el fin del mundo, pero ¿acaso las generaciones anteriores no lo habían pensado siempre? Además, echaba de menos a su exmujer.

Te refieres a Bella, le interrumpí.

Sí, a Bella, asintió. La forma en que le había hecho sentirse amado al principio, la forma en que le había hecho no sentirse amado hacia el final, pese a lo cual él le abrocharía los botones del abrigo cualquier día. La echaba de menos y no le importaría sujetarle un paraguas para protegerla de la lluvia. Ojalá hubiera manejado mejor la situación con Bella, pero mientras volaban las balas resultaba difícil ser un estadista y hacer las paces, las heridas eran demasiado profundas y se habían conocido siendo muy jóvenes, cuando él era incluso más idiota que ahora. No le conté que Bella estaba disfrutando en Atenas de tanto sexo y vino como podía aguantar.

Rajesh me preguntó a quién iba a dar clases ahora. A una chica de dieciséis años de París. Se llamaba Aimée. Me alojaría en un apartamento desocupado que pertenecía a su abuela.

Está bien que trabajes en el extranjero, dijo, pero, francamente, ¿por qué no montas una escuela de verano en un castillo de Europa y nos contratas a todos? Estoy sin blanca.

Estuve a punto de transmitirle el mensaje de Bella sobre el pago de los seis meses de hipoteca que le debía, pero una vez más decidí no hacerlo.

Hablamos de Arthur. Rajesh me recordó la época en que aún dirigía. Y que, al acabar los conciertos, su asistente le daba en el camerino una copa de Bénédictine y un cigarrillo.

Sale a caminar todos los días y está muy en forma para tener ochenta años, le dije a Rajesh. Cerdeña le sienta bien. Le gusta el sol. Le gusta el vino. Sus gustos gastronómicos son muy conservadores. Al parecer el vecino de al lado, Andrew, que es inglés, le prepara pastel de carne y puré de patata y lo congela para que él lo caliente por la noche. A Arthur no le dice nada la cocina italiana. Ese vecino también se ocupa de los problemas con la luz. La electricidad procede de un generador y se corta continuamente.

¿Qué lo llevó a Cerdeña?

Dice que el amor es más factible en el sur.

Es un hombre ridículo.

Le quiero por todas esas razones, afirmé.

Enseñé a Rajesh una postal de Arthur que acababa de llegar a mi piso de Londres.

Mándame tus manos desinfectadas para que pueda sostenerlas contra mi anciano corazón.

No leas sus postales, dijo Rajesh. Está loco. Es bien sabido. Sacúdete el polvo de la caída y vuelve a los escenarios. Todo el mundo sabe que eres una reina.

Tal vez lo sea.

¿Qué hacemos con los huevos?

Ahí estaba nuestro desayuno para compartir. Rajesh se había comido uno de los tres. Sobraban dos.

Rajesh se zampó otro con el resto del pan. Diviértete en París, dijo, *love you*.

¿Qué sentido tiene decir «love you» y omitir el «I»?

Quizá fuera eso lo que sacó de quicio a Bella.

El camarero se acercó con la cuenta y me puse el sombrero.

Ya me encargo yo, dije a Rajesh.

Pronunció unas frases un tanto pesarosas sobre compartir la cuenta. Si era así como le hablaba a su pene, no me extrañaba que este se resistiera a dejarse seducir.

Gracias, dijo. Te prepararé la comida del día de Navidad.

El último huevo seguía en el plato, reluciente e intacto. Como el piano Steinway de mi apartamento de planta baja en Londres. La noche anterior lo había cubierto con una sábana y luego me había reído al recordar lo que me había contado Vass, que había capturado una sirena y la había atado con sus redes para evitar que lo hechizara.

Tal vez deberías.

¿Tal vez debería qué?

Reír y sonreír solo cuando tienes ganas.

La mujer que había comprado los caballos había vuelto a comunicarse conmigo. A veces deseaba borrarme la sonrisa de la cara.

Por cierto, dijo Rajesh tratando de mostrar una desenfadada indiferencia, ¿viste a Bella en Atenas?

Sí, unos cincos minutos.

Rajesh tenía un tenedor en la mano, lo cual me recordó que le había traído un regalo de Grecia.

Tengo algo para ti, dije, y tras hurgar en el bolsillo de mi impermeable verde le entregué uno de los erizos de mar que había cogido buceando con Vass. Ya no era más que un esqueleto, un caparazón, sin agujas vivas y temblorosas. Quizá se pareciera al estado en que se hallaba su difunto matrimonio.

Yo también tengo un regalito para ti, para que te lo lleves a París. Rajesh sacó algo de su bolsa de lona, que llevaba estampado en el centro el nombre de una tienda de cigarrillos electrónicos. Me pareció que era un enchufe. Unido a un pequeño calefactor. Una estufa de viaje. Rajesh reclinó la cabeza sobre mi hombro y empezó a explicarme cómo funcionaba.

Te quiero, Rajesh, dije, y lo dije de corazón.

El camarero empezó a retirar los platos del desayuno para compartir. Nos quedamos donde estábamos, Rajesh con la cabeza apoyada en mi hombro mientras hablaba otra vez de los animales que eran conducidos desde Hertfordshire y que recorrían Green Lanes camino del matadero. En aquellos tiempos, dijo, habríamos oído la sierra y el martillo de los canteros, carpinteros y herreros. Y también, probablemente, el ruido de las carretas y carros sobre los adoquines. Contemplamos por la ventana a quienes habían ido de compras a la calle principal. Lo peor de la pandemia había quedado atrás, pero todos parecían aturdidos y maltrechos. Una adolescente que esperaba junto al semáforo se estaba comiendo una serpiente de gominola, cuya cabeza aferraba entre los dientes. Cuando el semáforo se puso en verde, el cuerpo del animal casi había desaparecido dentro de la boca. Salvo la punta de la cola.

Volví a pensar en el hombre de Atenas que había vendido los caballos a la mujer que se parecía tanto a mí. En su explicación de que para iniciar el baile tenía que levantarles la cola y para pararlo debía bajársela.

Sin embargo, esa joven se estaba comiendo la cola.

12

Tenía por delante una hora de espera antes de subir al Eurostar a París. Los toscos ladrillos rojos y el alto techo abovedado de la estación internacional londinense de St. Pancras, en Euston Road, eran elegantes y balsámicos. La instalación de Tracey Emin, *Quiero mi tiempo contigo*, fluía en letras de neón rosa a lo largo de los ladrillos, y al lado se alzaba una estatua en bronce de tamaño natural de un hombre y una mujer abrazados. La gente volvía a viajar. Observé a los pasajeros que caminaban por la zona de tiendas, la mayoría arrastrando equipaje con ruedas. Algunos llevaban mochilas, y unos cuantos empujaban maletas voluminosas y pesadas. Los que cargaban con maletas grandes tenían un aire más desamparado y agobiado que quienes portaban equipaje de mano. Por lo que veía, éramos viajeros, clientes, turistas. La llave de mi piso de Londres estaba a buen recaudo en el lateral de mi bolso, cerrado con cremallera. Sabía dónde guardaba la mantequilla y las bombillas, el gel de baño y el cuchillo del pan y la piedrecita con un agujero. Sin embargo, me parecía que en cualquier momento la realidad podría trastocarse. Inundaciones y sequías y guerras nos impulsarían a llevar a la estación de tren colchones y mantas, quizá junto con un objeto pequeño a modo de amuleto. Si el mundo se acababa, ¿querría encontrarme mi madre biológica? Contemplé la estatua de bronce e intenté discernir si el abrazo era de saludo o de despedida.

Al cabo de un rato me senté en la banqueta de uno de los pianos donados a la estación, un Yamaha con arañazos, maltrecho y desafinado. Mis dedos encontraron las teclas y empecé a tocar las partes para piano del *Concierto para piano número 2* de Rajmáninov. No resultaba fácil reproducir en el Yamaha el control del tono de Raj ni su nítida ejecución, y tampoco su delicado uso de los pedales. Me parecía sentir la potencia de su atronadora mano izquierda en la mía. Los pasajeros con tiempo de sobra se reunieron a mi alrededor mientras yo dejaba que Raj volviera a confiarse a mí.

Algunos me grabaron con el móvil. Un hombre con pajarita amarilla se sentó en el suelo junto al piano y se puso los calcetines que acababa de comprar.

Toqué durante unos dieciséis minutos antes de bajar la tapa del maltrecho piano y saludar con una inclinación al gentío que aplaudía. Había llegado la hora de pasar por seguridad.

Mientras descorría la cremallera del bolso para sacar el pasaporte, una mujer de unos cincuenta años se acercó al piano y me entregó un ramo de girasoles. Por el envoltorio supe que lo había comprado en la cara floristería de la estación. Me contó que los jueves y los viernes viajaba de Margate a Londres para trabajar en un supermercado. Estaba esperando el tren para regresar a casa. El Rajmáninov la había transportado, afirmó. Incluso la había hecho olvidar que estaba viva.

El piano estaba enfrente de la cafetería Le Pain Quotidien, que supongo que se traduce como El Pan de Cada Día, El Pan Cotidiano. Le di las gracias por las flores, consciente de que le habrían costado más de lo que ganaba en una hora en el supermercado. Cuando la pantalla de salidas informó de que los trenes con destino a Bruselas Sur, Dover Priory, París Norte y Margate llegaban a su hora, la mujer hurgó en el bolso en busca de una mascarilla. Le di dos mías. Entre ella y yo se respiraba algo parecido a la idea del amor. La dimensión de esa clase de amor, tal como yo lo entendía, era nuestra conciencia tácita de su deseo y el mío, y el de Rajmáninov, de trascender el dolor de la vida cotidiana. Antes de que nos despidiéramos me dijo que se llamaba Ann, sin *e*.

Yo me llamo Elsa.

Claro, ya sé que eres Elsa M. Anderson. Se echó a reír. Me parece mentira que esté hablando contigo. Buscó en el móvil para enseñarme las fotografías que había hecho de «el concierto» que acababa de interpretar.

No pude confiarme a Ann de la manera en que hacía unos minutos había dejado que Rajmáninov se confiara a mí. ¿Por qué iba a contarle que en el pasado había sido Ann, sin *e*, antes de que Arthur me cambiara el nombre? Quise decírselo. Quise decirle que Ann había desaparecido y regresado a la tierra como Elsa.

Qué caray. Pues claro que sé quién eres, repitió Ann.

Me limpié de los dedos el polvo de las teclas del Yamaha. Ann estaba convencida de saber quién era yo, pero yo no sabía quién era.

Tendría que leer los documentos. Ni siquiera entonces estaría tan segura como ella parecía estarlo. Iba dando tumbos de un lado para otro. Ann estaba esperando un tren en la estación londinense de St. Pancras, pero la Ann de cinco años, que también era yo, esperaba asimismo algo. Esperaba algo que quería muchísimo. No solo lo quería, sino que suspiraba por ello, se sentiría por siempre desposeída por su ausencia. ¿Qué esperaba?

Seguramente un piano.

Cómo no iba a conocerte, dijo Ann, riendo otra vez, si mi prima tiene todos tus álbumes.

¿Qué estaba esperando la Ann de Suffolk?

Estaba esperando a que el tractor que se encontraba al final del campo se dirigiera hacia la casa de su infancia. Le habían enganchado un remolque sobre el cual se alzaba el piano, el pequeño Bösendorfer de cola que reemplazaría al desaparecido. Estaba cubierto con una tela, pero yo, ella, distinguía con claridad su forma. El motor del tractor tenía un problema. Una y otra vez arrancaba y se detenía, avanzaba y se paraba. ¿Acaso estaba embarrancado en el campo y el piano nunca llegaría? Bajo la bóveda de la estación de St. Pancras sentí que el pánico de la niña me invadía de nuevo.

Adiós, Elsa. Ann me abrazó.

En seguridad me confiscaron los girasoles. La funcionaria insistió en que no podía llevar plantas a Francia para plantarlas. Pero no son para plantar, le expliqué, son para ponerlos en un jarrón. No, había leyes respecto a la introducción de plagas. Le pedí que se quedara las flores, pero las tiró a un cubo. Cuando por fin subí al Eurostar y encontré mi asiento, volví a pensar en Ann. Cerca del campo que daba a la casa de mi infancia en Suffolk había otro campo, este encendido de girasoles.

13

PARÍS, NOVIEMBRE

El apartamento del boulevard Saint-Germain daba a la place Maubert, donde los jueves había mercado. Mientras tecleaba el código de la puerta para entrar, me sonó el móvil. En la pantalla destellaron las palabras LLAMADA A LA PUERTA. Era el nuevo sistema de interfono de mi piso de Londres. Alguien quería entrar en el edificio, quizá un repartidor. Pulsé la tecla almohadilla, que abría la puerta en Londres. Justo al mismo tiempo abrí la puerta del edificio de apartamentos de París. Oí la voz robótica de Londres decir «Entre, por favor» y el chasquido de la puerta que se abría en París. Fue un extraño primer desdoblamiento.

El pequeño ascensor que me llevó a la quinta planta olía a orines. Tal vez algunos residentes de ese elegante edificio de apartamentos burgués gustaran de mear en él. Tardé un rato en abrir la puerta de mi piso con una llave que semejaba un destornillador. Tuve que introducirla con fuerza en la cerradura y luego meterla más adentro, no una sino dos veces, y otra más, como si fuera una puerta de profundidades insondables y la llave estuviera teniendo sexo con ella. En un momento dado se me cayó al suelo y tuve que volver a empezar.

Era un apartamento amplio y luminoso, con las paredes pintadas de blanco, suelos de madera, una mesa con seis sillas alrededor y una chimenea enmarcada en mármol gris veteado. Ningún piano. En los últimos meses, por primera vez en mi vida adulta, había vivido sin un piano, pero curiosamente el cuarto de baño estaba empapelado con la partitura de la *Patética* de Beethoven. Me reconfortó verla. El músico la había escrito a los veintisiete años. Edad en que descubrió que estaba quedándose sordo.

El segundo desdoblamiento se produjo cuando me di un baño y vi hormigas corriendo por el borde de la bañera. Eran alegres, veloces, tenían un objetivo y un propósito. Había hormigas corriendo por el filo de la bañera parisina y de la londinense. Habían encontrado un portal a todos mis mundos.

Junto con los gloriosos acordes de Beethoven y su desesperanzado primer movimiento.

Mi amiga Marie se acercó a verme una hora después. Era una profesora de matemáticas y de música jubilada y se había mudado a París tres años antes. Nos habíamos conocido en una fiesta tras un concierto en el Kennedy Center de Nueva York cuando yo tenía veintisiete años, la edad de Beethoven cuando se publicó su *Sonata número 8*. Marie llevaba ahora el pelo cano y corto. Era delgada, bajita e inteligente. La última vez que nos habíamos visto, en Nueva York, tenía el pelo negro y rizado. Me contó que había pasado los peores meses de la pandemia en la rue Saint-André des Arts. Todos los días compraba pan de pita en el restaurante libanés que había frente a su apartamento. Los viernes cocinaba pescado a la pimienta roja. Esos habían sido sus rituales durante El Confinamiento, junto con la hora en que se le permitía salir del piso a hacer ejercicio.

Sentadas en el minúsculo balcón con vistas al mercado de la place Maubert, nos comimos los cruasanes que había comprado en la Maison Isabelle, su *boulangerie* favorita.

Está ahí mismo, dijo señalando hacia el otro lado de la plaza.

Así que te has dejado las canas, le dije.

Me contestó que el plateado de las canas representa a la persona en que se convirtió por dentro antes de cortarse el pelo.

Esta es mi verdad, prosiguió. ¿Nos convertimos en alguien y luego empezamos a construir visualmente a esa persona? He aceptado la evolución de mi vida en la tierra. Tengo setenta años.

Perfecto, dije.

Marie expresó su opinión sobre mi melena azul.

Tenías que crearte a ti misma, afirmó.

Todos debemos hacerlo, respondí.

En aquel instante mis palabras eran más pequeñas que mis sentimientos. Me había pasado la vida buscando palabras diplomáticas. Así pues, ¿soy diplomática? ¿No es ya bastante difícil tocar a Beethoven?

El caso, continuó Marie, es que se te ve delgada y pálida.

Le conté que el público había exigido que le devolvieran el dinero de la entrada del concierto que había echado a perder en Viena.

La verdad es que has sido rehén de Arthur, afirmó.

Como todos los demás, quiso saber por qué al menos no daba clases en un conservatorio, donde los alumnos serían músicos serios.

Elsa, todos los conservatorios del mundo estarían contentos de tenerte. Te pagarían como es debido. Nadie lo entiende. Eres una figura, una celebridad.

Tal vez lo sea.

El mercado del jueves había terminado. Una brigada de hombres con chaquetas naranjas limpiaba la plaza con potentes mangueras. El mendigo sentado a la puerta de la *boulangerie* se afanaba en trasladarse al otro lado de la calzada con sus bolsas y mantas. Mientras lo observaba recoger sus pertenencias no me sentí muy desligada de él, más bien al contrario. En ocasiones me preguntaba si aquellos hombres que vivían en la calle no serían parientes míos. No deseaba que aquel tuviera ningún vínculo conmigo, pero era una posibilidad. No podía forzarme a no verlo, que es como la mayoría de mis conocidos actuaba ante los indigentes que dormían al raso.

Marie me habló de una piscina más cercana a mi apartamento que la Joséphine Baker.

La Pontoise.

Anoté la dirección mientras ella empezaba a hablar de todas las mujeres famosas que se habían suicidado ahogándose. Hay nadadores verticales y nadadores horizontales, dijo. Yo misma he pensado a veces que me convertiré en una nadadora vertical. Nadie dice que deba completar el tercer acto de mi vida. Siempre es feo. Si enfermo en la vejez, no lo descarto.

¿De veras?

Por supuesto. Nadie lo descarta. Pregunta a cualquiera de este bulevar y te dirán que se lo han planteado. Pastillas. Soga. Pistola. Herbicida. Agua. Tirarse desde un edificio alto.

La conversación había tomado un derrotero extraño. Me pregunté si Marie no habría pasado demasiado tiempo sola durante la pandemia.

Verás, prosiguió, es un tema tabú porque es verdad. Todo el mundo discurre formas de poner fin a la vida. Es un experimento mental, ¿qué tiene de malo?

¿El qué?

Un experimento mental. Es lo que hacen los pensamientos. No escriben manifiestos con los que tengas que estar de acuerdo ni acarician cachorrillos mientras van mascando de una bolsa de M&M's con un amigo que te quiere de manera incondicional. A menos que la pensadora sea tan frágil que quiera encerrarlos en el establo y clavar en la puerta un dibujo de un pastel de cumpleaños.

Mientras Marie hablaba, toqué en mi mente la *Sonata número 8*, la *Patética*, de Beethoven.

De pronto vi que hacía con la mano unos gestos inquietantes de rebanarse el cuello.

Estarás de acuerdo, Elsa, en que la mayoría no llega hasta el final, pero al menos paseamos la mente por esos pastos prohibidos y la dejamos pacer en ellos, ¿no?

Tal vez lo esté.
¿Tal vez estés qué?
En los pastos prohibidos.

Por cierto, dijo Marie, como llevas ese sombrero puesto a todas horas, el pelo te queda aplastado y apelmazado. Tienes que cepillártelo. Mi amiga llevaba un peine en el bolso. Con hebras de plata entre las púas. Todavía no tengo el cabello plateado en mi interior.

Un convoy de siete ambulancias pasó a toda velocidad entre un estruendo de sirenas por el boulevard Saint-Germain. Desde el balcón observé a quienes guardaban cola para comprar pastas en la Maison Isabelle. Antes de marcharse, Marie me deseó suerte con todo lo que estaba por venir.

Yo no tenía ni idea de lo que estaba por venir. Solo sabía que en París vería otra vez a la mujer que había comprado los caballos. Aquella noche paseé sola a orillas del Sena. Brillaban la luna y las estrellas. Dejé que las estrellas entraran en mi cuerpo y me di cuenta de que me había vuelto porosa. Todo lo que yo era había empezado a deshacerse. Vivía de manera precaria en mi propio cuerpo; es decir, no había encajado en quien era o en quien estaba convirtiéndome. Lo que deseaba para mí era una nueva composición. También había dejado entrar en mi interior a la mujer que había comprado los caballos.

De camino a casa me detuve en un antro, un bar llamado Onze. Era un cuartito pequeño y oscuro, y yo la única clienta. Me senté en un taburete de la barra mientras el amable caballero que la atendía –dijo ser originario de Argelia– me servía un vaso de *eau de vie*. De pera. En general se toma después de las comidas, me explicó.

No había comido nada en todo el día, salvo el cruasán que Marie había llevado a mi apartamento. Pero eso no era exactamente así. Las estrellas y el Sena se hallaban dentro de mí. Estaba viviendo de una forma muy extraña, pero no se me escapaba que en el mundo había más personas que vivían así. En aquel mismo instante había en Tokio, Eritrea, Nueva York o Dinamarca alguien que también vivía de manera precaria. Ese sentimiento, con su nota de pánico de baja intensidad y sus conexiones de extrema alerta con todo, tendría su doble o su eco. Oía su música en la cabeza bajo mi sombrero. El sombrero de la mujer. Costaba escucharla, pero estaba allí, como un futuro oscuro, un futuro infectado por el gobierno del mundo, los tiranos nuevos y los de siempre y sus consortes y cómplices. No deseaba pensar más en ellos porque ya recibían demasiada atención. Aun así, pensaba en ellos a todas horas.

¿Y qué había de mi doble, que quizá no fuera físicamente idéntica a mí? Pensar en ella era hablar con alguien conocido dentro de mí misma, alguien un tanto misterioso para mí, alguien que escuchaba con suma atención.

El camarero me llenó el vaso.
Seguía sin haber nadie en el bar, salvo el hombre.
Y ella.

Hacía frío aquella noche. Se acercaba el invierno. Tuve que buscar más mantas, que encontré dobladas en un armario.

Olían a bolas de naftalina y a lavanda muerta. Enchufé el diminuto calefactor que Rajesh me había regalado en Green Lanes. Ese aparatito, había asegurado Rajesh, era el futuro. Podía caldear toda una habitación de forma económica. Había comprado siete a precio de ganga. Estaba encendido, pero yo no notaba nada. Al final percibí un poco de calor en el pie izquierdo. Quizá ni siquiera en todo el pie, solo en los dedos. En la habitación resonó el Canto de Pájaros. Alcancé el móvil. Era Tomas, que llamaba para proponerme que nos viéramos durante nuestra estancia en París.

14

Mi alumna vivía en la rue des Écoles, en el distrito quinto. Se llamaba Aimée y tenía dieciséis años. Subí en el ascensor hasta el tercer piso y la oí tocar antes de verla. Se estaba peleando con el primer movimiento de la *Patética*. ¿Acaso su familia estaba obsesionada con esa obra? La escuché desde el otro lado de la puerta principal mientras buscaba la mascarilla. La chica estaba encerrada en sí misma, tensa, tocaba demasiado deprisa.

Su madre abrió la puerta.

Mi hija está esperándola, fue lo único que dijo.

Aimée tenía el pelo negro, corto y liso. Llevaba unos vaqueros ceñidos, una camiseta blanca, playeras con los cordones desatados y una mascarilla quirúrgica como la mía. Me dijo que quería aprovechar las clases para practicar *Trois Gymnopédies*, tres piezas para piano solo del compositor francés Erik Satie. Era para un concierto en la escuela. Estaba tocando la *Patética* solo para quitarse de encima a su madre. Lo sentía, dijo, pero ese día tenía la cabeza muerta. La noche anterior había fumado maría con su colega y luego habían comido sushi. Probablemente estaba en mal estado y ahora se sentía como si tuviera una lavadora en el estómago. Para ser sincera, dijo, su estado de ánimo ese día era como el de quien espera un autobús en una calle desierta un domingo por la noche.

Bien, dije, solo te voy a dar dos clases, así que comencemos.

Aimée quiso presumir de todo lo que sabía tocar. Poseía una fina mente musical. Quizá se cansaba con excesiva facilidad.

No empezaremos con Satie, dije, sino con Chopin.

Avanzaríamos poco a poco. Yo creía en las prácticas pausadas porque dejaban tiempo para pensar. Practicaríamos el *Estudio en sol sostenido menor, opus 25, número 6*, de Chopin a paso de tortuga. Por lo general la pieza se ejecuta en dos minutos, pero nosotras trabajaríamos tan despacio que resultaría casi irreconocible.

Esta obra siempre me da calambres en la mano izquierda, se quejó Aimée.

Sí, dije, Chopin dejaba las notas más interesantes para la mano izquierda.

Penetraríamos en su composición y prestaríamos atención a los audaces dedos de Chopin.

Yo vestía pantalones negros y jersey blanco de cuello alto. A veces hablaba como Arthur. ¿Estaba Aimée triste y serena? No, ese debía de ser Marcus. Aimée estaba inquieta y furiosa.

Cuando llevábamos una hora de clase su madre hizo que llevaran a la sala de música una bandeja con pastelitos rellenos de nata y dos Nespressos. En mis conversaciones telefónicas con ella, la mujer había insinuado que su hija era mentalmente frágil y un tanto dada a fantasear. Me pidió que actuara con discreción a ese respecto.

Aimée señaló el plato. Esos pastelitos se llaman *millefeuille*, dijo. En inglés significa que el pastelero tuvo sexo sobre mil hojas en el oscuro bosque de Fontainebleau.

Mordí uno y me lo comí con fruición. Una nueva avidez por la repostería francesa. Ella levantó del plato su *millefeuille* y lo sopesó en la palma de la mano. Ah, dijo, qué ligero, qué guay, es casi como si no existiera. Volvió a dejarlo en el plato. Suelo ir a pasear por ese bosque. Si quieres salir de París, en coche no se tarda mucho en llegar a Fontainebleau.

Me enseñó el tatuaje del brazo. Un corazón con un ojo dentro y envuelto en llamas.

En un momento dado se me cayó el bañador de la bolsa y Aimée me contó que había aprendido a nadar en un río, en el campo, a los cuatro años. Había peces y hierbajos. Ella se había puesto nerviosa porque no veía el fondo y había corrientes. Bajó por la escalera y sí, sí, sí, se metió en el río y las aguas eran impetuosas y estaban frías. Fue, dijo, un momentazo. Así era Aimée, impetuosa y fría. Resultaba extraño dar clases a una alumna que se sentía atraída por la melancolía de Satie, una melancolía tan engañosamente ligera que era casi suicida, pero no mantenía una conversación interna con el compositor que amaba. Yo la admiraba porque Aimée no consideraba sagrada la nota impresa. Se bebió de un trago el café y tiró la taza al suelo. Todo en ella era fanfarronería, pero no le interesaba mucho la música. A su edad yo no tenía vida fuera de mi instrumento; nada me interesaba más. Todos los días ejecutaba en el piano algo que era casi imposible. Tuve que aceptar que había distintos motivos para aprender a tocar un instrumento. Escuchando a Aimée pensé que, al igual que Marcus, tocaba para escapar de sus padres. Quizá a su edad yo tocara para acercarme a la progenitora que nunca conocí.

Continuamos con el estudio de Chopin. Al cabo de doce minutos ella se quitó la mascarilla.

Odio esta porquería, espetó. Me está amargando la vida. Satie nunca habría escrito un estudio ni una sonata; él inventó un género. No pienso hacer esta mierda.

Su voz sonó dura pero sus labios eran dulces. Tenía una botellita de agua junto al piano y un frasco de perfume que olía a higos.

Lo que está claro, dijo en francés, es que nunca escribiré una sinfonía para agradecer a mi familia toda la felicidad que me ha dado.

No me sorprendió que hubiera elegido las *Gymnopédies* de Satie para el concierto escolar. Satie se opuso a las armonías y estructuras clásicas, y Aimée estaba igualmente contra todo. Me dijo que el día del concierto se pondría un traje pantalón de terciopelo. Satie tenía siete trajes de terciopelo y fue alternándolos durante toda su vida. En opinión de Aimée, los vestidos que yo lucía en mis conciertos –los había estudiado minuciosamente en YouTube– eran tan de la vieja escuela que se preguntaba a quién intentaba complacer. De hecho, añadió, solo habrían resultado menos patéticos si hubiera metido un martillito en el forro de los más deprimentes. A fin de cuentas, Satie llevaba siempre consigo un martillo para protegerse.

Bien, dije, cuando practiques una *Gymnopédie*, divídela en partes como hemos hecho con la pieza de Chopin e incorpora tu propio fraseo. Son fáciles de tocar, así que ¿para qué me necesitas?

Tú eres mi martillo, respondió.

¿De quién tienes que protegerte?

De todos.

Bajó de golpe la tapa del piano y me dijo que podía marcharme.

¿Qué vas a hacer cuando me vaya?

Haré el amor con George Sand para acercarme a Chopin, dijo antes de hundir los dientes en el *millefeuille*.

Cuando me disponía a salir, su madre me preguntó si estaba satisfecha con los progresos de su hija.

Sí, contesté, es muy sensata y aplicada.

15

Luego vi en el Café de Flore a la mujer que había comprado los caballos. Esta vez no había duda de que era ella. Arthur había insistido en que fuera al Flore antes de ir a la farmacia a vacunarme. Estará más caldeado que tu dormitorio, dijo. Tiene una potente estufa de carbón y puedes pasarte el día entero con un solo café. Su voz se había vuelto débil y temblorosa. Debes saber, susurró, que el filósofo estará trabajando allí. Ha convertido el primer piso del local en su despacho. Según he oído, la dirección le ha puesto una línea telefónica propia para que pueda recibir llamadas.

Al cabo de un rato me di cuenta de que hablaba en serio. Por primera vez pensé que quizá Arthur tuviera demencia. El filósofo al que se refería era Jean-Paul Sartre, cuya tumba yo había visitado hacía poco en Montparnasse. Durante la llamada su mente divagó de mala manera. En un momento dado me llamó Ann en lugar de Elsa. Nunca había cometido ese error. De hecho su vecino, Andrew, que parecía estar con él todos los días, le quitó el teléfono. Andrew hablaba inglés con acento del norte. Me dijo que Arthur estaba cansado y necesitaba reposo. Su voz sonó tensa, tal vez incluso hostil. Oí a Arthur exigirle que le devolviera el aparato. En cierto momento gritó: ¿Quién eres tú? No estaba segura de si se refería a mí o a su vecino.

Conseguí una mesa en la terraza del Café de Flore, enfrente de la Brasserie Lipp, y pedí una Perrier mezclada con jarabe de menta. Había visto por primera vez esa bebida de color verde hada en el sur de Francia y siempre había querido probarla. En la mesa de al lado, un señor mayor pinchó una patata con el tenedor y se la acercó a los ojos. La dentadura postiza inferior le sobresalía de la boca. Le costaba un poco respirar.

Supongo que estaba pensando en Arthur. Me sentía confusa respecto a mi responsabilidad en su bienestar. Me había adoptado con la intención de enseñarme. Teníamos una relación totalmente profesional. Pero yo tenía entonces seis años. A lo largo del tiempo Arthur había contratado a varias *au pair* y a una cocinera, de modo que nunca estuvo muy claro si era mi padre, mi profesor o ambas cosas. Jamás le había confiado mis pensamientos secretos ni mis preocupaciones.

Dos hombres sentados en la mesa de detrás me pidieron que les hiciera una fotografía. Eran veinteañeros y estaban atizándose sendos platos de *croque-monsieur*. Vestían cazadoras de cuero negro idénticas y camisetas. El de la derecha, de pómulos marcados, me pasó su móvil. Le pregunté de dónde era.

De Dresde, respondió.

Rajmáninov compuso su *Concierto para piano número 2* en Dresde. Vivió con su familia cuatro años en esa ciudad, adonde llegó en 1906. Estaba deprimido, deshecho, y al principio fue incapaz de componer nada. Cuando por fin lo terminó, su tristeza se disipó. Dedicó esa obra impresionante a su médico.

¿Conoces Dresde?, me preguntó.

Puede que sí.

Les pedí que se arrimaran para la fotografía. Al hombre que me había dado el móvil pareció resultarle imposible, pero su amigo, el de la izquierda, se acercó y envolvió con el brazo los hombros del de Dresde.

Hice tres fotos y devolví el móvil. Me sirvieron la Perrier con menta. Tenía un sabor extraño. Tal vez parecido al del enjuague bucal. Mientras miraba los correos electrónicos en el móvil, el hombre de Dresde me dio unos golpecitos en el hombro. Me volví. Inclinó su cara hacia mí y susurró en inglés: Quiero lamerte.

En ese preciso instante la vi caminar por el boulevard Saint-Germain hacia el Café de Flore.

Calzaba los mismos zapatos marrones con tacones curvos de piel de serpiente que le había visto en Atenas. Lo primero que pensé fue que yo llevaba puesto su sombrero. Esta vez ella no llevaba mascarilla. Aun así, no centré la atención en su rostro, sino en su boca. Entre los labios colgaba un grueso puro. Con la punta encendida. Era un ataque a la vida. Una provocación. Era como si la envolviera una nube transparente. La mujer poseía personalidad y seguridad en sí misma. Se había recogido el pelo castaño oscuro en un moño suelto en lo alto.

Voluptuosa.

Curvas.

Caderas. Tripa.

Vestido plisado de seda blanca. Un grueso cinturón dorado.

Tenía las manos totalmente libres, sin bolsas, no llevaba nada, tan solo caminaba por el boulevard Saint-Germain. Al igual que las hormigas de París y Londres, avanzaba deprisa y con determinación. Quizá fuera una persona con gran aplomo. Dueña de sí. Me vio. Nuestras miradas se cruzaron. Me di cuenta de que yo estaba aterrorizada. Por un instante también ella pareció asustada. Nuestro miedo mutuo era idéntico. Teníamos la misma expresión en los ojos. Al llegar junto a mi mesa aflojó el paso. El olor del puro se mezclaba con el aroma de los geranios. Con sus ojos castaños todavía clavados en mis ojos verdes, se sacó el cigarro de la boca y lo arrojó a mi vaso de Perrier con menta. Era un mensaje. Ahí estás, con mi sombrero puesto. Y acto seguido echó a correr. Deprisa. Con sus tacones de piel de serpiente, dispersando las palomas de la acera. Hacía viento aquel día y los pliegues de su vestido de seda blanca se abrieron de tal modo que pensé que la mujer podría elevarse hacia el cielo como un globo aerostático. Sin embargo, no era un ángel ni un fantasma, estaba llena de vida y vitalidad. Me levanté y corrí tras ella en el momento en que giraba a la izquierda hacia la rue Saint-Benoît. Después de todo, se había llevado mis caballos. Pero era demasiado rápida para mí, incluso con sus tacones de piel de serpiente. La perdí de vista. Me detuve ante un club de jazz para recuperar el aliento. Por un instante me pareció entreverla apoyada en un coche, leyendo un libro. No era ella. Me faltaba la respiración, jadeaba, me sujetaba con fuerza el sombrero a la cabeza.

Cuando regresé a mi mesa del Flore sentía una extraña euforia. El puro seguía encendido en mi vaso de Perrier con menta. Como para demostrar que la mujer no era una aparición, que vivía en esa ciudad y sabía que ahora yo también. Los dos hombres con cazadoras de cuero idénticas bebían vasos grandes de cerveza. Fue extraño, porque no me miraron, pero el de Dresde, el que me había dicho «Quiero lamerte», tenía una actitud entre maliciosa y tímida. Era como si quisiera asustarme, o excitarme, o mostrarme que estaba más interesado por las mujeres que por los hombres después de que su amigo le hubiera rodeado los hombros con el brazo. Creo que esperaba una reacción mía, una respuesta de algún tipo, pero me traían sin cuidado él y sus problemas. La mujer acaparaba mi atención. Él no era el centro de mi mundo. Aquella era la composición antigua y yo había salido de aquel mundo.

Había bajado literalmente del escenario.

16

Mientras me dirigía a la farmacia, en el boulevard Saint-Michel, me percaté de que estaba caminando igual que la había visto caminar a ella. Con determinación y aplomo. Tal vez incluso como si fuera dueña de mí misma, aunque yo no diría tanto. No. Una imitación de la persona dueña de sí. La farmacéutica, una joven llamada Alice, ya me esperaba. Llevaba una bata blanca. Una vez resueltos los trámites administrativos, se levantó para acercarse a un frigorífico pequeño donde guardaban las vacunas.

Haremos un pedacito de historia, dijo. *Un petit morceau d'histoire.*

Dado que yo era pianista, quiso saber en qué brazo sería mejor poner la inyección, el izquierdo o el derecho. Elegí el izquierdo. Al fin y al cabo, con el derecho había levantado mi copa de *eau de vie* en el Onze.

Me remangué el izquierdo y ella me lo frotó con algodón.

Uno, dos, tres, vamos allá, dijo.

Tenía la aguja clavada en el brazo. La vacuna estaba dentro de mi cuerpo, del mismo modo que mi número de pasaporte estaba dentro del ordenador de Alice. Pegó una pequeña tirita redonda sobre la gota de sangre del pinchazo. Gracias, Alice, le dije, has hecho un pedacito de historia. Me guardé el comprobante, el número de lote y el nombre de la vacuna. Además compré un tubo de crema de manos de flor de naranjo.

Cuando llegué a mi bloque de apartamentos del boulevard Saint-Germain, vi una nota pegada en la puerta del edificio. No iba dirigida a mí, pero era para mí. Por lo visto, me había dejado el móvil en el Flore. Quien lo había encontrado había apuntado, con letra inclinada, una dirección del boulevard Saint-Michel, que era donde yo acababa de estar. No por la zona de la farmacia, sino más cerca de los Jardines de Luxemburgo. Rebusqué en mi bolso. Era cierto, me faltaba el móvil.

¿La nota sería de la mujer de los caballos o del hombre que quería lamerme?

Pedí a la portera que me dejara usar su teléfono y llamé a Marie. Mi amiga acudió y acordamos encaminarnos juntas a la dirección de la nota.

¿Crees que es cierto que te dejaste el móvil en la mesa del Flore? Marie llevaba unas gruesas botas negras porque había estado barriendo los cristales rotos de la puerta de su apartamento.

Me parecía posible.

Entonces ¿cómo es que esa persona sabe dónde vives?

En el Eurostar yo había pegado mis señas con cinta adhesiva en la parte posterior del móvil.

Debes tener cuidado, Elsa. Eres famosa. Todos quieren un pedazo de ti.

No le había hablado de la mujer de los caballos. Quizá fuera ella quien abriera la puerta, ¿y qué ocurriría entonces? ¿Y si proponía un trueque? Te daré el móvil si tú me das el sombrero. Y de esa forma se quedaría con los caballos.

El edificio era un viejo bloque de apartamentos burgués situado enfrente de una librería grande. Pulsé los números escritos en la nota y esperamos. Al cabo de un rato la puerta se abrió con un chasquido.

No, dijo Marie, que baje quienquiera que tenga tu móvil.

Volví a pulsar el código. La puerta emitió un chasquido.

¿Tienes algo en el teléfono sin lo que no puedas vivir?

La aplicación del banco, respondí. Quise decir «Arthur, no puedo vivir sin Arthur», pero decidí contenerme, no fuera a ser que Marie empezara a despotricar.

Oímos que alguien bajaba por la escalera. Con sigilo. Despacio. Con sigilo. Más rápido.

Y luego un golpazo. Como si la mujer hubiera salvado de un salto los últimos cuatro peldaños.

Porque sin duda era ella.

El brazo izquierdo me dolía por la inyección. Lo notaba pesado y dolorido.

¿Le daría el sombrero y me llevaría el móvil? No. Quería los caballos más que el teléfono. La cola estaba arriba. El baile había empezado.

Hace cada vez más frío, dijo Marie. Noviembre en París puede ser brutal.

Oímos un chasquido y la recia puerta se abrió.

Era el hombre que quería lamerme.

Al principio no reparó en Marie, menuda, canosa y septuagenaria. Tenía mi móvil en la mano. Le di las gracias y empezó a agitarlo a un lado y a otro como si estuviera dirigiendo una orquesta imaginaria. Iba descalzo y parecía adormilado y tenía una sonrisita de suficiencia. Cada vez que yo estiraba la mano, él hacía ademán de entregármelo y casi me rozaba la palma, y luego lo apartaba. Al final lo sostuvo por encima de su cabeza y me pidió doscientos euros. Marie avanzó unos pasos y el hombre volvió la mirada hacia ella por primera vez. Demasiado tarde. Mi amiga le estampó su pesada bota en el pie descalzo con tal fuerza que el joven pegó un salto y lanzó un alarido de dolor. Se le cayó el móvil de la mano y lo atrapé.

Que os den por culo, zorras, gritó, y luego lo habitual. Éramos unas tortilleras, éramos unas frikis, éramos judías, éramos unas brujas, éramos feas, éramos unas taradas. La misma composición de siempre. Al final, con la cara enrojecida, cerró de un portazo.

Es de Dresde, informé a Marie, que es donde Rajmáninov escribió parte de su *Concierto para piano número 2.*

Tal vez él sea Rajmáninov, dijo Marie.

Fuimos a celebrarlo al vietnamita que había cerca de la place Maubert y nos sentamos en la terraza, en una mesa de la maltrecha acera. Marie me enseñó los gruesos anillos de plata que había comprado en Marruecos. Tenían marcas, palabras grabadas, pero desconocía su significado. Me dijo que tendría que regresar a casa en cuanto termináramos de cenar porque su amante llegaba de Niza esa noche. Comimos tofu y arroz glutinoso y sopa con bolitas de gambas y bebimos agua del grifo. Y de pronto vi la sombra de la mujer en la maltrecha acera y capté el olor a humo de puro. Sin necesidad de girarme supe que era ella. Iba con su acompañante anciano, el hombre con quien había estado en Atenas. Encorvado, callado, caviloso.

Vi su sombra también. En esta ocasión no corrí tras la mujer, pues sabía que su acompañante era demasiado mayor para correr.

Se diría que él era su escudo.

La dejé tranquila y ella me dejó tranquila a mí. Habíamos alcanzado una especie de paz entre nosotras. Flotaba en el aire algo parecido a la idea de un entendimiento, pero yo ignoraba qué habíamos acordado entender.

Al cabo de un rato decidí contarle a Marie que tenía una doble que me seguía por el mundo.

Es posible que la viera en Londres, en Atenas seguro y ahora en París.

¿Dónde está ahora?

Nunca sé dónde está.

Entonces ¿ha desaparecido?

No, siempre vuelve. He visto su sombra mientras cenábamos.

Pero ¿quieres verla?

Le robé el sombrero y ella lo sabe.

Marie me preguntó cómo me encontraba después de la vacuna.

Tenía el brazo dolorido, pero me encontraba bien. No me creyó e insistió en acompañarme a casa. Introduje el código de la puerta pero no funcionó, así que probé a sustituir el seis por un ocho.

Pásame el código, dijo Marie, soy profesora de matemáticas. Negué con la cabeza y lo intenté otra vez. De la cafetería situada enfrente del edificio nos llegó una repentina y sonora explosión de vítores. Una gran multitud se había congregado alrededor de una pantalla para ver un partido de fútbol. Pedí a Marie que se fuera y me dejara solucionarlo sola, pero me dijo que no se iría a ninguna parte hasta que yo estuviera sana y salva en el piso.

Qué poco sabemos del cuerpo, salmodió Marie. Qué poco sabemos de ciencia o de cómo funciona la economía o de por qué Elsa M. Anderson ha dejado de actuar.

Se apartó de la puerta a fin de darme espacio para recordar el código. Una mujer subida a un patinete eléctrico pasó por la acera a toda velocidad. Llevaba los AirPods puestos y a punto estuvo de atropellar a Marie. ¡Santo Dios!

Marie montó en cólera. Se quitó uno de los gruesos anillos que había comprado en Marruecos y lo lanzó a la cabeza de la mujer del patinete. Fue un buen tiro, pues el pesado metal rebotó en el cráneo y cayó en la cuneta.

Tú no tienes problemas, Elsa, me dijo Marie. Mides casi uno ochenta con zapatos planos, nadie se atrevería a arrollarte.

Corrí hacia la cuneta y me agaché para buscar el anillo.

Dios mío, Marie, debes de haberle hecho un corte en la cabeza.

En el metal brillaba un hilo de sangre roja. Me envolví los dedos con mi chaqueta de punto, cogí el anillo y se lo llevé a Marie. Parecía un diente recién extraído, sangriento.

Marie lo limpió con su pañuelo. Lástima que no le haya arrancado la cabeza.

No estaba de humor para que la atropellaran de manera literal, dijo, ya que su amante la atropellaba emocionalmente todos los días. Me contó que Julia, que regresaba de Niza esa noche para verla, le había transmitido que estaba enamorada de todo el mundo y que todo el mundo estaba enamorado de ella. Marie le pedía a su amante que fuera más selectiva en sus afectos.

En aquel momento yo probaba desesperada otras combinaciones de números, ninguna de las cuales funcionó. La puerta seguía cerrada a cal y canto.

Vete a ver a Julia, ya me vendrá a la cabeza.

Creo que hay un cuatro y un seis en el código, dijo, prueba a ver.

Se puso a parlotear mientras yo probaba otra combinación.

Es un hecho, dijo, que durante los diversos confinamientos el mundo entero estaba atareado reasilvestrándose. ¿Acaso no causó estragos una manada de jirafas en Kilburn, en el noroeste de Londres? ¿Y qué me dices de los avestruces en Peckham Common?

Yo quería que se fuera para así reasilvestrar mi memoria. Desde que le había confesado que había visto varias veces a mi doble, Marie parecía haberse vuelto protectora y ladina.

Prueba con dos, cuatro, ocho, seis.

Le hice caso y la puerta se abrió con un chasquido.

¿Cómo lo has sabido?

Los números que más brillan son los que se tocan más a menudo. Así que es evidente que esos forman parte del código.

Me abrazó y por fin se alejó con el anillo ensangrentado en el bolsillo.

Aquella misma noche, mientras me preparaba una infusión de jengibre en un cazo, me pareció que salía demasiado calor del diminuto anillo de gas de la cocina. Era como si tuviera el rostro inclinado sobre un crepitante fuego de leña.

No había forma de arreglarlo. Bajé la llama azul y entonces me di cuenta de que el calor salía de mí. Me ardía la cara. Al mirarme en el espejo vi que tenía las mejillas coloradas, igual que el pecho. Me dolía la cabeza. El corazón me latía muy deprisa. Me tomé dos paracetamoles y me llevé la infusión a la cama. Al cabo de un rato abrí las puertas del balconcito con barandilla de hierro forjado. Era medianoche. Coloqué el ordenador portátil sobre la mesa redonda y me senté en la silla.

Brillaba la luna. El aire era fresco. Yo ardía. El portátil emitió un ruido. Era una llamada por Skype de Marie. ¿Por qué me llamaba a medianoche por Skype? Respondí. Mi amiga llevaba un vestido negro sin mangas y, cuando se giró para recoger algo del suelo, vi que tenía desabrochada la cremallera de la espalda.

¿Cómo estás, Elsa?

Le dije que creía que lo había pillado.

Me preguntó por los síntomas. Le expliqué que tenía fiebre y dolor de cabeza. No, dijo, no son más que los efectos secundarios de la vacuna.

Era raro que me llamara a esas horas. Más raro aún fue que se pusiera a echar aceite en la lámpara del icono colgado en la pared.

¿Eres religiosa, Marie?

En absoluto.

Yo había visto hacía poco *La pasión de Juana de Arco*, de Carl Theodor Dreyer, en la que el juez pregunta a Juana si Dios le ha hecho promesas. Pregunté eso mismo a Marie.

¿Dios te ha hecho promesas?

Meditó la respuesta en mi pantalla mientras la luna avanzaba detrás de una nube.

Sí, Dios me ha hecho promesas.

¿Hablas con Dios?

Marie tenía encendidas las mejillas y deduje que acababa de hacer el amor.

Sin duda mantengo una conversación con Dios. Es como si fuera una ventrílocua, mi voz se divide en dos voces. Creo que la principal promesa que me ha hecho Dios es que la Muerte no vendrá a por mí.

Sus palabras resultaban desconcertantes porque con anterioridad me había dicho que pondría fin a su vida antes de que fuera demasiado mayor para tomar sus propias decisiones.

Sí, bueno, son dos pensamientos contradictorios, afirmó, la posibilidad de poner fin a mi vida y el deseo de más vida. ¿Y qué? He aquí otras dos contradicciones: no creo en Dios, pero le hablo a algo parecido a Dios. Pido a esa presencia que lo sienta por mí cuando yo haya recortado mis propios sentimientos.

Le conté que Arthur, ateo comprometido, había citado a menudo una carta de William Blake. Creo que decía que era de los diarios, él no lo sabía.

Querido padre, querida madre, la iglesia es fría,
pero la taberna es sana y agradable y cálida.

Arthur es un capullo, soltó ella.

Había alguien con Marie en el apartamento. Se oía una radio en la habitación, la crónica de una carrera de caballos.

Sí, dijo Marie, corre el rumor de que hay una mujer misteriosa tumbada en mi cama y que está escuchando las carreras.

¿Cómo? ¿Incluso a medianoche?

Sobre todo a medianoche. ¿Cómo te encuentras ahora?

No muy bien.

Mi mano planeó sobre el botón de salir.

No te vayas. Julia quiere hablar contigo. Quédate ahí, Elsa. Quédate ahí.

Deduje que Marie había estado haciendo tiempo mientras Julia escuchaba el resultado de las carreras.

En la pantalla apareció una mujer que caminaba con una botella de vino en la mano. Tenía el cabello plateado y recogido detrás en una coleta de burbujas que le caía sobre el hombro izquierdo y que parecía una ristra de piezas de bisutería, elegante y lustrosa.

Hola, me saludó. Marie dice que ahora das clases de piano a niños.

Saltaba a la vista que acababan de hacer el amor y se habían vestido para la llamada. Julia llevaba vaqueros de talle bajo y un cinturón de Chanel. Tenía la mascarilla, una N95 negra, colgada en la muñeca. Quizá la hubiera usado en la cama. Marie desapareció de la pantalla.

Julia me contó que acababa de regresar de Niza. Tenía mucho que decir sobre el centelleo de la luz en el mar, la estatua de Garibaldi en la plaza del Café de Turín, el bacalao salado, la ostentación en la Côte d'Azur. Sobre su labio superior flotaba un pequeño lunar negro.

Pero tengo algo más que decirte, Elsa, añadió. Estuve en aquel concierto.

¿Qué concierto?

Estuve allí, en Viena. Fui para oírte tocar el *Concierto para piano número 2* de Rajmáninov en la Sala Dorada. De hecho, se agotaron las localidades y fui una de las doscientas personas que se quedaron de pie.

Julia hablaba en voz baja y grave. Su rostro ocupaba toda la pantalla.

Es cierto que nos perdimos el segundo concierto para piano de Rajmáninov, prosiguió, pero durante dos minutos y doce segundos oímos a Elsa M. Anderson tocar algo que nos cortó la respiración.

Mientras Julia hablaba, contemplé los árboles que se alzaban sobre la fuente de piedra enfrente de mi apartamento. Las raíces se extendían hacia delante y hacia fuera, se expandían bajo el asfalto del boulevard Saint-Germain.

Era evidente que algo le pasaba a nuestra virtuosa, dijo Julia, ahora con el ceño fruncido. El hombre de la batuta advirtió que te desviabas, podría haber acallado a la orquesta, haber impuesto silencio. Después de todo, tú no eres una principiante. Podríamos haber escuchado el primer concierto de Elsa M. Anderson y no el segundo de Raj.

Los indigentes que dormían en la calle habían preparado sus camas junto a la fuente de piedra. Yo siempre temía contarme entre ellos algún día.

Estábamos contigo, continuó Julia, pero el tío de la batuta se interpuso, su ego, sus gestos desmesurados mientras dirigía con la cabeza, actuando para la multitud. Y cuando tu piano se separó de la orquesta, la forma en que se dio la vuelta y te apuntó con la batuta… fue terrible. Terrible. Pero habíamos ido por ti, no por él. Habríamos escuchado cualquier cosa que tocaras.

Observé el tráfico fluyendo sobre el asfalto del boulevard Saint-Germain. Debajo, las raíces de los árboles se expandían hacia fuera. Todo un mundo que respiraba por debajo de los taxis y los autobuses nocturnos. Era cierto que el director me daba la espalda. Al fin y al cabo, trabajaba para la orquesta que tenía delante. Se había dado la vuelta para ver qué le sucedía a su pianista. Era cierto que había empezado a transmitir su consternación al público. No con palabras, sino con gestos. Describía círculos con la batuta junto a sus orejas, se daba golpecitos con ella en la cabeza, se encogía de hombros en señal de desesperación, hacía reír al auditorio. Pese a sus mofas, mis manos se negaron a tocar para él.

Tomé un sorbo de infusión de jengibre.

No se puede silenciar a toda una orquesta, dije. Tienen que realizar su trabajo. Llevaban meses ensayando.

Sí, se puede, repuso Julia. Ese hombre tenía la batuta. Su trabajo consiste en guiar a la orquesta. Podría haber hecho historia. Podría habernos dado la oportunidad de escucharte.

Después de pulsar el botón de salir en la fría noche bajo la luna de Maubert, me tumbé en la cama y un inmenso ataque de llanto invadió mi cuerpo.

17

¿Tenemos que defendernos del amor? Arthur me había enviado un mensaje:

Cada día que no te oigo tocar me acerca más a la sordera.

No podía parar de pensar en los sordos mientras, todavía débil y temblorosa tras horas de sollozos, llevaba la basura al cuarto donde estaban los cubos. La portera era portuguesa y vivía con su familia en el apartamento situado a la derecha del ascensor. Me preguntó si había encontrado el móvil. Sí, un hombre de Dresde me lo devolvió, respondí. Miró la bolsa de basura que yo llevaba en la mano. Su marido, me explicó, se ocupaba de los cubos, pero era importante cerrar el plástico con un nudo apretado porque había ratones en el edificio.

Pero los ratones tienen dientes, apunté. Pueden meterse dentro incluso con un nudo más apretado.

Ella sonrió y meneó la cabeza. Sí, pero tenemos que hacerles la vida más difícil. Se habían vuelto tan confiados que se meaban en el ascensor. Me contó que ahora también limpiaba algunos pisos del edificio. Había ricos que le decían que con la pandemia todos se habían dado cuenta de lo sumamente valiosas que eran las personas como ella.

A ella nunca se le había ocurrido pensar, añadió, que no fuese valiosa.

Fui a Odéon a hacerme un test de antígenos en una carpa instalada al lado del metro. Rajesh había pillado el virus. Menudo susto, se quejó, ver de pronto aparecer dos rayas rojas en vez de una en el rectángulo blanco de fabricación china. Más valía que me aprovisionara de comida. Su vecina, Alizée, acababa de llevarle un montón de hígado de ternera. No solo era vegetariano, no solo eran sagradas las vacas, igual que sus crías; es que además era Alizée quien le había contagiado el covid. Yo le escuché a medias porque me dolía la cabeza y no paraba de estornudar. Cancelaría la clase con Aimée, me iría a la cama, me prepararía para dejar de respirar y morir.

El test dio negativo.

Cuando me dirigía a impartir mi segunda y última clase a Aimée pasé junto a una estatua de Montaigne, el filósofo. Algo me impulsó a estirar el brazo para tocar su zapato de bronce. Brillaba, por lo que deduje que otros transeúntes habían hecho lo mismo. ¿Por qué todos queríamos tocarle el zapato?
Tenía una correa que le cruzaba el tobillo. Y una hebilla.

Aimée parecía preocupada y nerviosa. Le pregunté qué la inquietaba. Al principio pasó de mí y se limitó a aporrear el piano. Observé que tenía las uñas muy afiladas. Pintadas de rosa. Al cabo de un rato le indiqué que descansara, que yo tocaría el Satie para ella de cabo a rabo. La propuesta pareció entusiasmarla. De repente comprendí que me admiraba. Tras las horas de llanto de la noche anterior, su respeto me enterneció, me conmovió. Incluso limpió la banqueta con su chaqueta de punto y me preguntó dónde quería que se sentara. Le dije que arrimara una silla y se sentara conmigo al piano.

¿Le parecía bien que tocara despacio y en tono triste? Depende, respondió, es más bien como una pregunta que él plantea y cuya respuesta no desea conocer.

Mientras yo tocaba la *Gymnopédie número 1*, Aimée empezó a hablar. Lo que la inquietaba era algo relacionado con un gato de su infancia. Un siamés. Al animal le gustaba comer flores, pero sobre todo le encantaban las mimosas. Así que de vez en cuando ella arrancaba un manojo y el gato devoraba las flores amarillas. Creo que era como una droga, dijo Aimée, como un psicodélico. Cuando ella tenía trece años, ese mismo gato dormía siempre encima de su vientre, bajo las mantas. En febrero, mientras florecía la mimosa, ella tuvo bronquitis, de modo que llamaron al médico de la familia para que acudiera al apartamento. El médico levantó la manta para auscultarle el corazón con el frío fonendoscopio. En cierto momento el aparato le oprimió un pecho. En realidad, el pezón, que nada tenía que ver con el problema respiratorio. Y luego el otro pecho. Lo mismo. La presión del fonendoscopio. Exactamente igual que antes. Ella advirtió la excitación del hombre. El gato, que dormía sobre el vientre de Aimée, dio un brinco y arañó al médico en la cara. Tres profundos verdugones. El hombre sangraba de la frente a la barbilla. Pidió que sacrificaran al animal.

Llamaron a la puerta. Dos golpes. La madre de Aimée entró para anunciar que la clase había terminado y que su hija debía concentrarse en los deberes de historia. Acordamos una ampliación de treinta minutos. Durante el intercambio de palabras, el trueque para conseguir más tiempo, su madre me miró con aire implorante e insinuó con los ojos que su hija estaba trastornada. Cerré la puerta y seguí tocando la composición más popular de Satie. Música ambiental. Adelantada a su época. No apreciada hasta veinte años después de que se hubiese escrito. Asumí la interpretación de Aimée y, mientras hablábamos, la toqué como si fuera una pregunta dolorosa que flotara a través del tiempo.

¿Y si fuiste tú, dije, quien levantó los brazos y arañó al médico en la cara?

No había necesidad. El gato era mi protector.

¿Quieres decir que tu gato hacía lo que tú deseabas hacer?

Sí.

¿Dónde estaban tus padres?

Ah, se echó a reír, aunque sin ganas. Respetan la autoridad, así que, cuando un médico les manda salir de la habitación, obedecen. Aimée tenía un sentido del humor divertido. El médico le dijo a su padre que había visto al gato en un campo cuando se dirigía a Normandía por la autopista. El animal acechaba a las ovejas, esperaba el momento de atacar, era un verdadero asesino.

¿Qué fue del médico?

Mi siamés lo ahuyentó, respondió Aimée. No volvió nunca más. Oí decir que había muerto de un infarto en El Havre. Los dedos de Aimée encontraron las teclas y me relevó. Me gustaría tener una vida como la tuya, susurró, una vida viajando por el mundo para ofrecer conciertos.

¿Dónde estaba ahora el gato?

Vivía en el campo con la abuela de Aimée.

Quería que supiera que tenía novio. El fin de semana anterior habían ido de acampada y habían fumado maría en la tienda y habían jugado al póquer. Ella era una persona legal, dijo, estaba que ardía porque nadie la creía. Estaba que ardía desde hacía tres años.

Y, cambiando de tema, ¿por qué llevas siempre ese sombrero?

Tenemos que estar en re sostenido.

Disculpa. Corrigió el error.

Le hablé de los caballos bailarines de Atenas y de la mujer que los había comprado. De mi convicción de que era una especie de doble psicológica. A veces, dije, ella y yo conversamos la una con la otra.

Advertí la larga mirada fría que me dirigió Aimée en aquel momento. Sus ojos, de color castaño claro, me evaluaban. ¿Hasta qué punto estaba cuerda o loca su profesora, que a todas luces se había pasado la noche entera llorando? ¿Acaso importaba? Planteó otra pregunta sobre la mujer que había comprado los caballos:

Pero ¿por qué expresa tus pensamientos por ti?

Bueno, dije, tendrás que hacerle esa pregunta a tu gato.

Me gustó ver las preciosas garras rosas de Aimée sobre las teclas del piano.

Para que conste en los anales, dije volviéndome hacia ella, yo te creo. Y me alegra que el gato estuviera de tu lado y echara al depredador.

Ella se mostró perpleja pero interesada.

Has echado agua en el fuego en el que ardo, dijo.

Me levanté y la dejé inclinada sobre el piano, un Érard de palisandro pulido.

¿De verdad que el médico pidió que sacrificaran al gato?

No. Aimée me miró. Es el único dato que me he inventado.

Nos reímos un rato. Una risa extraña. La descarga de una rabia profunda.

De repente mostró una mayor dulzura en el re sostenido.

Es nuestra última clase y estoy triste, dijo. Está claro que sé tocar a Satie, solo quería conocerte. ¿Qué harás mañana?

Le dije que tenía una cita con un director de cine a quien había conocido en un barco en Grecia.

Hagas lo que hagas, Elsa, no fumes ningún puro durante la cita.

Yo no fumo puros.

Sí que fumas. Lo huelo en tu ropa.

Aimée cogió el frasco de perfume que olía a higos y me roció las muñecas con gesto teatral.

Cuando avanzaba por el pasillo, la madre me preguntó sin rodeos por el estado mental de Aimée.

¿Es cierto que ha muerto el médico de la familia?, le pregunté a su vez, sin rodeos.

Sí, es verdad, respondió.

Debería escuchar a su hija.

Me contestó que escuchaba a su hija tocar el piano desde siempre.

No, tiene que escuchar sus palabras.

No me gustan las palabras, me espetó; por eso empapelé el cuarto de baño del apartamento de mi madre con la *Patética*.

18

La última vez que había visto a Tomas, ambos habíamos levantado la cola para besarnos bajo las estrellas de Poros. ¿Me arrepentía de haber vuelto a bajarla? Para no hablar de asuntos delicados, habíamos hundido la cabeza en el mar. Cuando salimos a la superficie, seguimos sin intercambiar palabra. Estábamos desnudos y borrachos y desconcertados. Mientras buscábamos nuestra ropa en la playa desierta, encontré un encendedor de oro enterrado en la arena. Lo habían diseñado para que semejara un falso lingote de oro auténtico, con la palabra «Champ» grabada en la base en vez del sello de contraste. Me lo quedé como recuerdo. Tenía una llama alta, como la de aquella noche en la Bahía del Amor. Y era de oro, como un tesoro hallado entre los restos de un naufragio.

Tomas había reservado una mesa para comer en una *brasserie* de la Bastille. Llegué con cinco minutos de antelación. Unos hombres con martillos neumáticos y cascos para los oídos estaban perforando la acera delante del restaurante. Cruzar la puerta fue una batalla. Me quité mi sombrero de fieltro negro y se lo entregué al camarero. Lo colgó en un perchero de madera que vibraba con el impacto de los taladros de la calle, como si rebosara de energía nerviosa en ese rincón del local. El camarero se disculpó por el ruido y señaló la mesa que teníamos reservada. La casa me invitaba a una copa de champán, dijo, me la servirían enseguida.

Tomas se cubrió los oídos con las manos nada más entrar y propuso que fuéramos a comer a otro sitio. Discutimos como una pareja con muchos años de matrimonio a cuestas, pero, cuando el camarero se acercó con dos copas de champán gratis, volvimos a convertirnos en desconocidos y decidimos quedarnos.

Tomas pidió doce ostras y dos erizos de mar, que, según dijo, nos recordarían la excursión en barco de Poros.

Se mostraba más desenvuelto en su ciudad de adopción. En el ojal de su chaqueta asomaba una orquídea. Me contó que había aceptado un trabajillo extra. Estaba bien dejar por un tiempo el documental sobre Agnès Varda. Había accedido a dirigir una película de doce minutos sobre el dormitorio de Marcel Proust. Para meterse en el espíritu de Proust, que todos los días lucía una orquídea fresca en el ojal, a veces él también compraba una orquídea fresca, pero solo cuando tenía una cita con alguien que le inspiraba afecto y sentimientos de cariño.

Chocamos las copas.

Le pregunté qué tenía de especial el dormitorio de Proust.

Estaba revestido de placas de corcho debido al asma y las alergias que sufría el escritor. El corcho ayudaba a evitar el polen y el polvo. Y, naturalmente, añadió Tomas haciendo una mueca, insonorizaba la habitación. Quizá esa *brasserie* debería forrar de corcho las paredes.

El ruido de los taladros había cesado un rato.

Pedí una botella de vino para los dos, un muscadet, que, según nos explicó el camarero, era de la zona donde el valle del Loira se junta con el Atlántico. La última vez que había estado en un pub de Londres, el camarero había descrito el vino que yo había elegido como con sabor a granja. ¿Quería decir que sabía a barro? Es un vino natural, había añadido sin precisar más.

El ruido de los taladros había empezado de nuevo y nadie podía oír a nadie.

Tomas alzó la voz para continuar la conversación, pero yo solo capté la palabra «tecnología».

¿Qué has dicho sobre tecnología?

Hay un programa, respondió, que permite introducir una muestra de una grabación de voz de un famoso; luego escribes un guion y puedes hacer que la narración se oiga con la voz real de esa persona.

Tomas intentaba encontrar, en vano, una grabación de voz de Proust.

Le dije que no estaba bien usar la voz de Proust. Me preguntó por qué.

Le robas su verdadera voz. Una cosa es poner tus pensamientos en su boca, pero no con su propia voz.

Bueno, tú y yo discrepamos en esta cuestión, replicó a gritos, y tampoco estaremos de acuerdo respecto a aquella noche en Poros. No te gustará mi guion.

El ruido de los taladros cesó unos segundos.

Entonces ¿qué crees tú que ocurrió?

No vale la pena analizarlo. Yo quería echar un polvo contigo, gritó a todos los presentes en el restaurante, pero tú no querías lo mismo.

El ruido de los taladros comenzó de nuevo.

Bueno, estoy de acuerdo, dije casi chillando, pero puedes decir «Ella no quiso echar un polvo conmigo» con tu propia voz y no con la mía.

Se había cortado el pelo y llevaba traje.

Las ostras llegaron a la mesa en una bandeja de acero inoxidable llena de hielo picado. Al parecer se habían terminado los erizos de mar. Alguien había pedido seis antes de que pidiéramos nosotros. Tomas propuso que me pusiera el biquini, agarrara un tenedor y fuera a cazarlos.

Eres brutal, dijo.

Tal vez lo sea.

El camarero nos sirvió una copa del muscadet a cada uno. Percibir en la lengua el sabor de aquella primera ostra en la Bastilla fue como regresar al mar. El polvo del metro aún en la ropa, en el pelo, el tráfico y las sirenas aún en mi cabeza, París en la suela de mis zapatos. Tomas se inclinó y me dio unos golpecitos en la nariz con un dedo, que estaba frío por el hielo.

A decir verdad, tu voz es bastante rara. O sea, tu acento. Tu acento inglés. No logro ubicarlo.

Nací en Ipswich, me oí decir. Pasé allí los seis primeros años de mi vida.

Cambiando de tema, ¿qué tal por París?, me preguntó, como si yo hubiera dicho algo baladí. ¿Sigues leyendo sobre Isadora Duncan?

Sí. En la infancia pasó hambre muchas veces. Su madre tejía guantes y gorros que Isadora vendía por las casas. A veces no tenían dinero para encontrar un lugar donde dormir.

¿Por qué te interesa tanto?

Creo que mi madre debió de ser pobre.

¿No lo sabes de fijo?

Sí lo sé.

Se reanudó el ruido de los taladros. El tiempo y el espacio entre las interrupciones y los arranques estaban cargados de tensión. Diez segundos, tres segundos, un minuto. Me evocaron el tractor embarrancado en el campo cercano a Ipswich, cuyo motor también arrancaba y se paraba. Posé la mano sobre el lecho de hielo picado de las ostras. Cuando dije «Sí lo sé», volví a vislumbrar en París lo que había recordado en la estación londinense de St. Pancras. El piano, el Bösendorfer de cola, arrastrado por el tractor hacia la casa de mis padres de acogida. Pero sucedía algo nuevo. Algo increíble. Los hombres separaban el tractor del remolque. Se oían gritos. Luego, silencio. Un granjero llevaba dos caballos al campo. Eran los caballos los que tiraban del remolque por el campo hacia la casa de mi infancia. Al mismo tiempo, Tomas hablaba, movía los labios, el camarero revoloteaba cerca, teníamos las copas vacías y de pronto Tomas miraba algo a lo lejos, como quien mira al horizonte para aliviar el mareo.

Mi piano había llegado.

Era un piano serio.

Qué curioso, dijo Tomas, que no hiciéramos el amor en una playa llamada Bahía del Amor.

Si el amor hablara, ¿cómo sonaría? El Bösendorfer de cola había llegado a la casa. Yo lo acaricié y él me acarició a su vez. Pensé en él como si fuera el cuerpo de mi madre. Jamás volveríamos a separarnos.

Buscándola en el piano.

Buscándola en el sombrero.

Tomas propuso ir a otro sitio a tomar café. Luego tendría que volver a su película sobre el dormitorio de Proust. Quiso saber si yo había leído *Recuerdo de las cosas pasadas*. Dependiendo de la traducción inglesa, a veces se titulaba *En busca del tiempo perdido*.

Buscando en todas partes. Todos los días.

19

Todos los días iba a la piscina Joséphine Baker, a orillas del Sena. La habían construido sobre una barcaza. Podía nadar en el Sena sin estar en él. Por el momento era una nadadora horizontal. Estaba convencida de que la mujer que había comprado los caballos pensaba en mí. Urgía encontrarla. Me quedaban únicamente dos preciosos días en París antes de regresar a Londres. Caminaba sola durante horas por los Jardines de Luxemburgo buscándola. Ella tenía los caballos que me habían acercado el cuerpo de mi madre. ¿De qué le servían a ella?

Me pareció verla ante el cajero automático de un banco del boulevard Raspail. Estaba de espaldas a mí, alta y esbelta, con pantalones negros ceñidos y una ajustada blusa roja de chifón metida por dentro. Cruzó la calle para ir al Café Select, así que la seguí. Estaba leyendo un periódico. Un hombre se acercó a su mesa y la besó en los labios. A continuación se sentó y ella le besó en los labios. Después atrajo al hombre hacia sí y volvió a besarlo. Me pareció poco probable que mi doble tomara el sol en las orillas del amor. La mujer de Le Select no estaba en la orilla, sino en lo más hondo.

Tal vez lo sea algún día.
¿Tal vez seas qué?
Para siempre.
¿Para siempre qué?

No tenía por qué responder siempre a la mujer que había comprado los caballos.

La noche anterior había soñado que las dos teníamos que ir a nado a una isla. Realizaríamos la travesía por la noche. Yo le proponía que alquiláramos un barco, pero ella prefería nadar. De hecho, nos entusiasmaba lo de ir nadando, creíamos que podríamos conseguirlo, que éramos capaces de ese viaje. Mientras nos preparábamos mentalmente para la larga travesía, ella se probaba unos zapatos blancos de moda, con suelas gruesas y hebillas de oro. Yo comprendía entonces que más o menos habíamos acordado nadar desde un lugar seguro (el hogar) hasta otro desconocido (la isla), pero estábamos postergando el momento de partir porque ella estaba probándose los zapatos blancos. No eran el tipo de calzado que solía llevar, pero le decía que le quedaban muy bien. Me pregunté si yo había suspendido la arriesgada travesía que debíamos hacer al introducir los zapatos blancos a fin de retrasar el momento de la salida.

La portera me había dejado un mensaje sobre las llaves del apartamento de Saint-Germain. Tenía que devolvérselas a las dos y media de la tarde. Ya había metido la ropa y los libros en la maleta y había mirado el número de asiento del Eurostar. Como solo eran las once de la mañana, crucé la calle para tomarme un café cerca de la estación de metro de Maubert-Mutualité.

Desde mi mesa en la terraza observé la tienda de quesos al otro lado de la calle, la vinatería, la carnicería y los cinco taxis aparcados en fila en su parada. En la pizarra de la cafetería habían escrito en tiza que la happy hour sería de cinco a ocho de la tarde. Los camareros aún llevaban mascarilla, incluso en las happy hours, con las gomas blancas alrededor de las orejas.

Al cabo de un rato un sintecho me pidió dinero. En aquel momento el sol invernal alumbró mi mesita de la terraza. Sus rayos me calentaron la cara, y cuando mis dedos, de pronto iluminados, rebuscaron en el bolso, me di cuenta de que no tenía monedas. Le di el billete de cincuenta euros que guardaba, junto con las llaves de mi piso de Londres, en el bolsillo lateral con cremallera. Lo extraño, sobre todo tras el sueño de la noche anterior, era que en el bolso también llevaba un bañador mojado. El hombre quiso que se lo diera. Me indicó por señas que le entregara la raída prenda con sus tirantes entrecruzados. Deseaba el bañador con gran intensidad.

Pensé que se iba a echar a llorar cuando me negué a dárselo. Al mismo tiempo, me reconcomía el pesar de no haber nadado hasta la isla con mi doble en el sueño. Oh, mundo roto, has cautivado mi pensamiento. No me comprometí con aquella travesía a nado hacia el amor.

Cuando se marchó, con el bañador mojado entre las manos, me quedé unos minutos disfrutando, tal vez incluso bañándome, en aquella luz dorada del sol de noviembre.

Agradecí su momentáneo calor porque tenía el abrigo en la tintorería de la rue des Carmes. Miré el resguardo blanco, donde ponía que podía pasar a recogerlo el sábado. Era martes y me iba a Londres. Así pues, no tenía abrigo en París en noviembre y tampoco bañador.

El camarero estaba diciéndome algo.

Madame, si ese hombre le pidiera los zapatos, ¿se los daría? Si le pidiera el sombrero, ¿se lo daría? ¿Es que es su primo?

El sol había seguido avanzando, como debe ser, del mismo modo que todos debemos seguir adelante, y pensé que eso era lo que intentaba transmitirme mi sueño. Un coche amarillo pequeño se detuvo ante el semáforo. De pie en la parte posterior había cuatro llamas. Comprobé si podía ser cierto. La luz roja tardó un buen rato en dar paso al verde y era cierto. Las cuatro cabezas estaban vueltas hacia el mismo lado. Es decir, miraban hacia la derecha, de modo que miré hacia la derecha. Estaban contemplando las bombillas colgadas alrededor de la armazón de los puestos del mercado de la place Maubert. Qué serenidad, pensé, sentarse y permanecer quieta un rato, en un sitio. Es posible que pase por delante un coche amarillo con cuatro llamas en la parte de atrás.

Y es seguro que algún pobre te pedirá dinero.

Las llamas fueron como una pausa dulce y apaciguadora que me distrajo de los caballos que habían tirado del piano por el campo hacia la casa de mi infancia. Sabía que regresaría a París para encontrar a mi doble y recoger el abrigo de la tintorería.

20

LONDRES, DICIEMBRE

Rajesh se mudó a mi casa para pasar las navidades.

Se había comprado hacía poco una gatita a la que había llamado Lucy. Me dijo que deseaba un nombre tranquilizador porque estaba convencido de que nos aproximábamos a la extinción. A su modo de ver, vivíamos el fin de los tiempos. Aumentaría la inflación, aumentaría el nivel del mar, todos estaríamos sin trabajo y bajo el agua. La gatita se mudó también a mi casa. Me gustaba observar cómo sus suaves patas avanzaban sobre las teclas de mi Steinway, del que Rajesh había retirado la sábana y que en ocasiones tocaba para tratar de atraerme hacia el instrumento. Era negra, con el vientre blanco, y brincaba contenta por el piso día y noche. Le pusimos una caja de arena en el cuarto de baño. Por algún motivo, cada vez que jugábamos al ajedrez, Lucy salía de la sala de estar y se dirigía al cuarto de baño. A Rajesh le encantaba la forma en que organizaba sus rituales de higiene.

Conocemos demasiado bien nuestros respectivos hábitos personales, murmuraba al tiempo que cogía a la gata y le besaba las orejas. Vamos a jugar al ajedrez, Lucy. ¿No es hora de hacer caca?

Las noches que jugábamos al ajedrez, el caballo me recordaba a las llamas que había visto en aquel coche amarillo en París. Mientras bregaba con la caótica mente de Rajesh sobre el tablero —¿qué estaba haciendo con su reina?—, le hablé del siamés de Aimée.

Creo que el médico de la familia intentó abusar de ella. Fue la impresión que me transmitió. El gato era su doble y echó al tipo. Los ojos de Rajesh se llenaron de lágrimas. Tenía las pestañas largas y sedosas.

¿No tienes historias más tranquilizadoras?

No.

Yo fui un adolescente tranquilo, dijo. Me volví neurótico a los veinte, cuando empecé a beber batidos de aguacate y traté de tener solo pensamientos positivos.

Mi vecina Gaby, abreviatura de Gabriella, se pasó por casa con pollo frito que había comprado ya preparado. Quería que la pusiera al corriente sobre mi nuevo amor. ¿Qué nuevo amor? Bueno, llevas puesto su sombrero. No, dije. El sombrero no es de él. Es de ella. Y, dicho sea de paso, Rajesh es solo un amigo.

Era como si tuviera el sombrero a modo de rehén en el norte de Londres. Dormía en un gancho clavado en la puerta de la sala de estar. No era una presencia serena, sino más bien como una pregunta que flotara a través del tiempo, que en Londres era una hora menos que en París y dos menos que en Atenas.

Había olvidado contarle a Aimée que Erik Satie consideraba de mala educación preguntar por el sentido de una pregunta.

Gaby abrió el envase del pollo frito y me pasó un tenedor de plástico. Hacía poco se había armado un escándalo en una ciudad costera británica. Una mujer había encontrado tres plumas pequeñas en su pollo frito. Al principio pensó que eran patitas minúsculas. Arrancó las plumas y la prensa publicó una fotografía de las tres sobre la palma de la mano de la señora. Al parecer el gerente había explicado que eso no se correspondía con el alto nivel de calidad habitual del establecimiento de comida rápida, pero que las plumas eran inocuas.

Rajesh opinó que era bueno llevar el animal a casa, el equivalente de encontrar un diente de cerdo en la salchicha. Abrió todas las ventanas mientras Gaby y yo nos comíamos el pollo, como si de algún modo el ave pudiera irse volando.

Cuando Gaby se marchó, nos tumbamos en el suelo y escuchamos el *Morning Raga* de Ravi Shankar. Era medianoche. La gatita jugaba con un adorno del árbol. Nuestros regalos estaban envueltos y colocados bajo las lucecitas de colores centelleantes que habíamos entrelazado entre las ramas. Era como si estuviéramos esperando algo, pero no era el día de Navidad.

Rajesh me convenció de que ensayáramos un dúo de piano y clarinete para tocárselo a Arthur. Cada vez que tocábamos juntos se percibía en la sala algo parecido a la idea de una carga erótica. Ambos lo sabíamos e intentábamos no hacer caso, pero estaba ahí, como la primera nieve del invierno caída sobre las orillas embarradas del Támesis. Habíamos ido a revolver en el fango con la marea baja en busca de tesoros. Me sorprendió enterarme de que Rajesh pasaba a menudo los fines de semana en la playa cercana al puente de Southwark. Encontramos la cazoleta y la caña rota de una pipa de arcilla ornamentada. Rajesh supuso que era del siglo XVIII, cuando todas las aldeas debían de tener su propio fabricante de pipas de arcilla.

Cuando tocaba el clarinete, su belleza se revelaba en todo su esplendor, incluso con la nieve del invierno; su respiración larga y profunda, la forma en que humedecía la caña con saliva antes de colocarla en la boquilla.

Durante uno de los ensayos Marcus se puso en contacto conmigo por FaceTime. Estaban escribiendo música y les había encantado la tarea de componer algo para violonchelo que durara dos minutos y doce segundos. Trabajar con Bella le había cambiado la vida a mejor.

Yo no sabía cómo decirle a Bella que pasaba mucho tiempo con Rajesh. Por eso no había respondido a sus diversos mensajes de texto, todos sobre sus clases con Marcus.

De hecho, deseaba tanto dejar de lado el tema de Bella que le conté a Marcus que Isadora Duncan había montado una escuela de danza en Alemania. Por fin había ganado algún dinero con sus actuaciones en el extranjero. Era un alivio, dije, pensar que Isadora, que de niña se había ido a la cama con hambre tan a menudo, tenía de pronto un montón de pasta. Adquirió una villa en Berlín y fue a comprar los muebles a los grandes almacenes Wertheim.

¿Qué compró?

Oía a Marcus bostezar en la isla de Poros.

Compró cuarenta camitas para sus alumnos. Y en el salón principal de la villa instaló una estatua de una guerrera mítica. Deseaba crear un paraíso para los niños. Ninguno pasaría hambre. Todos seguirían una dieta vegetariana y bailarían a Beethoven y a Brahms y la *Marcha fúnebre* de Chopin.

Ya, dijo Marcus. ¿Eran huérfanos?

No lo sé.

Tal vez lo sea.

¿Tal vez seas qué?

Marcus me dijo que el internado británico de su hermano no se parecía en nada a la escuela de Isadora. De hecho, por lo que él sabía, era justo lo contrario. Nada de hacia arriba y hacia fuera. Nada de saltar y arquearse.

Quizá debieran hacer todos la Isadora en lugar de jugar al rugby, ¿no? ¿Acaso puedes empezar una guerra mientras das saltos con una toga vaporosa?

Rajesh intervino para apuntar que los griegos de la Antigüedad, que vestían togas, estaban siempre en guerra.

Mi padre también está siempre en guerra, dijo Marcus, y

lleva una coleta larga y zapatillas de deporte. Mi madre está siempre en guerra también, sobre todo con mi padre, y lleva pendientes de diamantes.

Tal vez lo fuera.
¿Tal vez fueras qué?
Huérfana.

Tras la llamada, salí sola a comprar dos tomatillos a la tienda de comestibles orgánicos y precios abusivos recién inaugurada. Era una fruta, roja como la sangre menstrual, dulce y carnosa.

21

Probé un tomatillo por primera vez con Arthur, en Colombia, a los treinta años. Estábamos pasando dos días en Cartagena tras un concierto en Bogotá. El jugoso tomatillo era la única fruta que Arthur comía en Colombia. Estaba convencido de que el «pescado crudo», como se refería al ceviche que servían en todas partes, acabaría con él. Se alimentó sobre todo de patatas fritas con sabor a queso hasta que descubrimos que en el hotel ofrecían un tomatillo para desayunar todas las mañanas. Era como un huevo grande, de sabor agridulce, estimulante, tal vez similar al de la fruta de la pasión. La mañana que lo descubrimos, un pájaro azul oscuro de ojos dorados y cola larga se posó en nuestra mesa y se acercó al cesto del pan. Su dorado ojo izquierdo empezó a inflarse y expandirse, como si fuera a salírsele de la cabeza, y de pronto el ave echó a volar con nuestro pan en el pico. Fue como si pudiéramos ver la planificación del robo del pan en su ojo izquierdo.

Sí, dijo Arthur, cuando estamos poseídos por la inspiración, como ese pájaro, el cuerpo se altera, cambia.

Yo estaba poseída por la inspiración. Nada más llegar a casa partí en dos los tomatillos, extraje con una cuchara las semillas negras y las sembré en una bandeja de plástico negra. Las regué todos los días y esperé. Al cabo de una semana salió una brizna de hierba, que temblaba cuando la tocaba. En cuanto brotaron las plántulas, empecé a pensar en la brizna solitaria como una madre o una maestra de ceremonias. Esa solitaria brizna se encargaba de ir presentando las nuevas plántulas a las demás. Se hizo más alta y echó tres hojitas, que se curvaban hacia las nuevas plántulas. Sin duda estaban hablando entre sí.

Las plántulas olían a medianoche y a piedras calientes bajo la lluvia.

Igual que ella.

22

El día de Navidad Rajesh y yo tocamos para Arthur *Rhapso-dy in Blue*, de George Gershwin. Colocamos mi móvil sobre un atril y comenzamos el concierto en FaceTime. Rajesh lo dio todo. Exhaló largas respiraciones, curvó las rodillas, se alzó sobre las puntas de los pies. Arthur estaba sentado en un sillón, arropado con un chal de terciopelo rojo. Tenía un libro en el regazo. Se le veía flaco y frágil. En ocasiones cerraba los ojos, como si también aquello fuera algo que debía sobrellevar. Su vecino, Andrew, sentado a su lado, le remetía de vez en cuando el chal bajo las pantorrillas.

Rajesh, te has puesto muy gordito, susurró Arthur.

Era lo único que tenía que decir sobre el concierto.

Cuando Rajesh entró en la cocina para preparar el pescado al tamarindo, dejé el móvil en el atril y fui tras él. Dios mío, cómo odio a ese rey enano, murmuró. ¿Crees que me he puesto gordito? Negué con la cabeza y le dije que Arthur tenía demencia y probablemente alucinaciones. Rajesh empezó a majar con furia jengibre y ajo.

Volví con Arthur, que seguía en la pantalla. Había abierto el libro que tenía en el regazo. Para no ser menos que nosotros con nuestra actuación, declaró que deseaba recitar sus palabras favoritas de Walt Whitman.

De todos modos, me las sabía de memoria. Arthur me las había leído desde que tenía doce años.

...prescindid de todo lo que ofenda a vuestra alma y vuestra propia carne será un gran poema y tendrá la elocuencia más cabal no solo en las palabras sino también en las líneas silenciosas de sus labios y cara y entre las pestañas de los ojos y en cada movimiento y articulación del cuerpo.*

Rajesh estaba gritando en la cocina. Decía que Arthur había ofendido a su alma y cuánto lo odiaba con cada articulación de su cuerpo y entre los pelillos de sus axilas y entre el silencio de cada vello erizado de sus huevos.

En la pantalla apareció la cara de Andrew. Era escuálido, con ojos de un azul muy claro. Por lo visto, iban a salir a celebrar la comida de Navidad con el farmacéutico y su esposa.

Le pedí que devolviera el móvil a Arthur.

Elsa, me preguntó Arthur, ¿dónde estás?

En Londres.

¿Todavía azul?

Arthur, deja que te enseñe las plantitas de tomatillo que he sembrado para ti.

Llevé el móvil hacia las bandejas que ahora cubrían el alféizar de la ventana y apunté la cámara hacia las hojas en forma de corazón, frágiles y perfectas.

Querida, dijo, cuando la pandemia acabe, nos reuniremos bajo sus ramas cargadas de frutos.

Arthur, dije, creo que conociste a mi madre.

En la pantalla apareció el rostro de Andrew.

El maestro está cansado, basta ya.

¿Era alumna tuya?

¿Quién?

Mi madre.

Era la conversación que aterraba a Arthur desde que me había adoptado.

Tendrás que leer los documentos.

* *Hojas de hierba*, traducción de José Luis Chamosa y Rosa Rabadán, Espasa, Barcelona, 2019, p. 30. *(N. de la T.).*

Las lucecitas de colores centelleaban en el árbol que Rajesh y yo habíamos decorado juntos. De las ramas colgaban bombones de licor. La gatita toqueteó uno y luego lo arrancó. Era la Navidad más hogareña que había tenido en mi vida. Era como si viviéramos dentro de una de las ilustraciones de los calendarios de Adviento que llegan a las tiendas a partir de octubre. Rajesh celebraba el Diwali más que la Navidad. Lo había hecho todo por mí.

Enséñame otra vez los tomatillos, pidió Arthur resollando.

Volví a enfocar el alféizar con el móvil.

Ah, salmodió él, del mismo modo que Walt Whitman inseminó el verso de larga cadencia a la poesía estadounidense, las semillas de tomatillo me han inseminado y ahora soy un huerto.

Rajesh se paseaba malhumorado por el piso en pantalón corto y sandalias de cuero mientras se cocinaba el pescado. Por lo visto no notaba el frío. Quizá todavía le escociera el comentario de Arthur. Preparé un negroni navideño para los dos mientras se afeitaba en el cuarto de baño, observado por Lucy desde la caja de arena. Por las mañanas Rajesh siempre escuchaba *Piano Works* de John Cage.

He oído tu conversación con Arthur, dijo mientras comíamos.

Con un cuchillo y una cuchara retiró con pericia la suculenta carne blanca del besugo. Tenía una espina alargada. Aquella mañana Rajesh se había levantado una hora antes de lo habitual para poner el tamarindo en remojo con agua hirviendo a fin de triturarlo luego.

¿Por qué supones que conocía a tu madre biológica?

A ver, Rajesh, ¿cómo se enteró de mi existencia?

¿Qué quieres decir?

Se presentó en la casa de Ipswich y pidió a la niña prodigio que tocara para él.

No lo entiendo.

Alguien le habló de mí.

Seguro que ya lo habías pensado otras veces.

Siempre. Nunca. Tal vez.

Rajesh arrancó de la espina los restos de pescado y se sirvió en el plato más arroz al coco. Al cabo de un rato, dijo, no escucho lo que quieres decir. Me limito a escuchar tus palabras como sonidos.

Cambié de tema y le hablé de Tomas. Quiso saber cómo nos habíamos despedido en la *brasserie* de la Bastille. ¿Fuimos a su dormitorio para seguir conversando sobre el dormitorio de Proust?

Yo estaba demasiado ocupada echando pedacitos de besugo a su gata para molestarme en contarle lo que había sucedido después. Cuando su madre llamó desde Dublín, se pasaron un rato charlando con el manos libres. Ella debió de olvidar que yo estaba sentada enfrente de su hijo, pues le preguntó por qué estaba viviendo con la friki azul.

Rajesh tiró el móvil al suelo, histérico.

Ay, Dios, se lamentó al tiempo que se daba palmadas sobre los ojos.

Me limité a oír sus palabras como si fueran sonidos del tráfico en una carretera muy transitada, dije para tranquilizarlo.

Haré la Isadora, gritó de pronto a Lucy.

Apartó unas cuantas sillas, se quitó las sandalias con sendos puntapiés, puso los brazos en cruz, levantó el pecho, cogió del plato la espina de pescado, la sostuvo en alto con la mano derecha, giró, brincó, saltó, se cayó al suelo, se levantó, se encaramó al sofá donde yo estaba sentada y dulce, feroz y lentamente me besó en los labios. Pasamos el resto de la tarde haciendo el amor mientras la gata retozaba junto a nuestros tobillos.

Un coro de seis vecinos del sótano empezó a cantar villancicos en el aparcamiento. John Cage seguía sonando en el equipo de música de Rajesh en el cuarto de baño. Lucy se había dormido sobre mi piano.

Si Tomas lo supiera, dijo Rajesh después.

¿Si supiera qué?

Que la forma de acercarse a la joya verde de tu ombligo es bailar con una espina de pescado.

Marie llamó para desearnos una feliz Navidad. Había perdido el gusto por la confusión y la incertidumbre y estaba dedicando el gran día a escribir su siguiente libro. Había pedido a Julia que se marchara, pero seguía enamorada de ella. Julia se acostaba con otras tres personas y Marie consideraba que tres eran demasiadas. Rajesh supuso que, si había perdido el gusto por la confusión y la incertidumbre, también pasaría sola las siguientes navidades.

23

Dos días después del Boxing Day fui en bicicleta al lago Serpentine. La nieve se había derretido y Londres estaba desierta. Mientras atravesaba Hyde Park empujando la bici, vi a un rastafari bajo un árbol con un periquito verde en el hombro. Tenía en la mano una manzana y el pájaro la picoteaba. De vez en cuando el hombre cambiaba el tono de sus silbidos, de grave a agudo, de agudo a grave, y hacía vibrar la erre para atraer a los periquitos. Otro bajó del árbol para posarse en su hombro. Observé un buen rato al hombre y los periquitos. Me fascinaron los sonidos que emitía para llamar a las aves y la forma en que estas le respondían. En un momento dado se encaminó hacia un arbusto en concreto, todavía con los pájaros sobre el hombro, y arrancó una única ramita de una especie de bayas. De repente alguien se puso a gritarle.

¿No sabes leer inglés?

Un hombre de unos sesenta años que paseaba a su perro por el sendero señalaba un rótulo fijado a la barandilla.

Dice en inglés que está prohibido cortar flores en el parque.

La situación no tenía por qué ser tan ridícula, un hombre cortando una ramita de bayas, otro hostigándolo, pero lo era. Señalé al perro, que había salido corriendo del sendero y escarbaba en la hierba como un poseso.

¿No puede vigilar a su perro?

Que te den por culo, zorra asquerosa.

Era blanco, fofo y airado, y el Silbador de Pájaros era su antítesis, moreno, tonificado, amable. Resultó que así eran las cosas. Los periquitos no acuden a ti si eres agresivo. El Silbador de Pájaros no nos hizo ningún caso y se alejó con paso ágil. El hombre blanco tenía la cabeza tan infectada de rabia y autocompasión que los ojos se le habían empequeñecido e idiotizado. Las cosas no tenían por qué ser de ese modo, podría haber sido un hombre educado y guapo y sin embargo idiota, pero resultó que así eran las cosas.

Escucha, dijo, y acto seguido enumeró toda la composición, casi sin saltarse una coma: furcia, bollera, tarada. Se dejó «bruja», pero lo compensó añadiendo otras palabras insultantes sobre el rastafari, nada nuevo, lo mismo de siempre. A pesar de todo, me había pedido que escuchara su composición, que acabó del siguiente modo: No deberías montar en bicicleta por el parque.

No voy montada, estoy empujándola, le espeté a gritos. Y era cierto. Cuando caminó hacia mí bamboleándose y blandiendo la correa del perro como si fuera un látigo, me pregunté: ¿Qué haría Marie? Pasé la pierna por encima de la bicicleta y pedaleé a toda velocidad hacia el hombre hasta que no le quedó más remedio que saltar del sendero para quitarse de mi camino. Era siempre la misma gente haciendo lo mismo de siempre.

Había un bache en el sendero de cemento y me caí de la bicicleta antes de llegar a la verja. Más tarde me apliqué aceite de árnica en el magullado muslo izquierdo.

El árnica, la flor, está relacionada con los girasoles de mi niñez.

Resplandecientes en el campo al otro lado de los pastos prohibidos. Los pastos me provocaban angustia, agitación, desamparo. Escribí mi partitura de forma fragmentaria a lo largo del invierno y hasta entrada la primavera. Estaba llena de intervalos armónicos disonantes. Nunca me alejaba mucho del piano, pero de todos modos oía mi composición en la cabeza. En ocasiones tenía que anotar la música para oírla y, lo que es más misterioso, antes de que pudiera oírla. Cuando Rajesh se marchó de mi piso, convinimos en que nos iba mejor como amigos. Él sabía que la humillación de Viena había comenzado a perder su dominio sobre mí. Yo sabía que él estaba recuperándose de la coincidencia en el tiempo de una ruptura matrimonial y el confinamiento. Era un músico con mucho talento y colaborador. Necesitaba trabajar. Pareció que en efecto era el fin de los tiempos cuando llamó para comunicarme que la gata había enfermado. Según el veterinario, no tenía nada. Se pasó una semana maullando todo el día y Rajesh ya no podía estar con ella en la misma habitación. Después dejó de maullar, en ocasiones ronroneaba incluso, pero lo que él oía en su cabeza eran los sonidos que había intentado no escuchar. De todos modos, le reconfortaba el suave zumbido de la esporádica felicidad del animal.

Yo tampoco trabajaba, vivía de mis ahorros y de los derechos que generaban mis grabaciones. Algunas semanas tocaba fragmentos de mi partitura por la noche, pues era cuando sentía una mayor comunión con la mujer que había comprado los caballos. Me proyectaba en ella y ella se convertía en música. El aire que nos separaba era eléctrico mientras cada una transmitía a la otra sus sentimientos a través de tres países. Cuando emergió de las sombras de mi imaginación en forma de blancas y corcheas, fue casi como estar enamorada. Fue una transmisión sublime y a veces espantosa, pero no tan espantosa como el mensaje que me transmitió Andrew cuando me llamó desde Cerdeña. Me informó de que a Arthur le habían diagnosticado un tumor en el pulmón. El pronóstico, de tres semanas a dos meses.

Elsa, dijo, con voz tensa y dura, supongo que para un ave exótica como tú será un poco degradante aplicar pomadas en las llagas de Arthur, ¿no?

24

CERDEÑA, JULIO

Viajé a Cagliari en una compañía aérea neerlandesa. Mi padre está muy enfermo, dije al personal de cabina, para ser sincera se está muriendo. Era la primera vez que llamaba «padre» a Arthur y me salió del corazón. Fueron amables. Varios miembros de la tripulación se acercaron a mi asiento para preguntarme si me encontraba bien. No es una pregunta que pueda responderse fácilmente con un sí o un no. La comida llegó con un par de zuecos minúsculos de plástico naranja llenos de sal y pimienta.

Mi asiento estaba al final del avión. La tripulación de cabina se ocupó de que fuera la primera en desembarcar. Mi miedo era que Arthur falleciera antes de que yo llegara.

Andrew se había encargado de que el quiosquero del pueblo donde vivían él y Arthur fuera a recogerme al aeropuerto. El precio convenido fue de sesenta euros. A las diez de la noche el tiempo seguía siendo húmedo y no corría el viento. Yo estaba empapada de sudor aun antes de subir al viejo coche. Cuando Rajesh me llamó, le pedí que me regara los tomatillos. Me deseó coraje. No supe qué responderle.

En cierto sentido, el coraje era mi problema.

No su falta.

La forma en que el coraje silenciaba todo lo demás.

Andrew estaba esperándome. Una farola de la acera proyectaba una luz espectral sobre dos casas humildes contiguas. Andrew tenía unos sesenta años y, desde la última vez que lo había visto por FaceTime, se había dejado crecer una barba poblada. Estaba entreverada de canas y le hacía parecer más amable de lo que en realidad era. Había estado regando la buganvilla que trepaba por el muro entre las dos viviendas y tenía una manguera en la mano. Ni simpático ni antipático, era a todas luces el rey de los dominios entre su morada y la de Arthur. Un televisor sonaba a todo volumen en un bar desierto de la otra acera.

Buona sera.

Una anciana que paseaba a su caniche se detuvo para saludar a Andrew. El perro tenía el pelo negro y rizado, y la mujer blanco y rizado. Andrew se puso a hablar con ella en italiano mientras enroscaba la manguera en un gancho clavado en la pared. Le pedí que me llevara a donde estaba Arthur.

Vaya, Elsa, ¿de golpe te han entrado las prisas por ver al anciano enfermo?

La mujer me miró a la cara mientras yo seguía allí plantada con mi maleta, sudando al pie de la farola.

Así que ha llegado, le dijo a Andrew.

Él llevaba sandalias de cuero y vaqueros. En cierto sentido era bastante juvenil y vigoroso.

Cuando te acompañe a la casa de Arthur, me dijo, tendrás que lavarte las manos y ponerte una mascarilla porque has estado viajando. El Maestro está débil, así que no debemos fatigarlo. La forma en que dijo *Maestro*, en italiano. Como si Arthur le perteneciera. Señaló una pila de mármol que había en el soportal de la casa de Arthur. Me lavé las manos con los restos de una vieja pastilla de jabón.

Arthur estaba acostado en la cama. Se le veía demacrado y muy menudo, pero los ojos le brillaban. Habían convertido la sala de estar en un dormitorio. En el techo, un viejo ventilador quejumbroso hacía girar sus aspas.

Elsa, ¿dónde estás?

Estoy en Cerdeña.

Pero ¿dónde estás?

Estoy aquí, contigo.

Todavía azul, dijo.

Yo tenía el rostro cubierto por la mascarilla. Él no llevaba porque le dificultaba la respiración. Le cogí la mano. Andrew tampoco llevaba mascarilla. Incorporó a Arthur hasta sentarlo, lo que nos obligó a desenlazar los dedos mientras él sostenía un vaso de agua junto a los labios secos y ampollados de Arthur. Percibí cierta hostilidad en la manera en que nos separó las manos.

Gracias, ángel, susurró Arthur.

Yo no estaba segura de a quién se lo decía.

Me impactó ver al lado de su lecho la alta lámpara victoriana de Inglaterra. La pantalla, con flecos rosas, estaba cubierta de polvo. Yo había crecido con ella en la casa de Richmond. También el kílim con el escorpión tejido en el centro. Sobre él se hallaban los muebles de mi infancia, el sillón de terciopelo marrón con su reposapiés a juego. Lo más impactante de todo fue ver el Steinway de Arthur arrimado a la pared en un rincón. Era el piano con el que Arthur daba clases a sus alumnos. ¿Cómo se las había apañado para llevarlo hasta allí? Conocía íntimamente cada centímetro de ese torturador. Cuando yo tenía ocho años, Arthur había pasado tres horas diarias enseñándome a utilizar los pulgares mientras tocaba octavas rápidas. Tituló aquella lección «Pasaje de los pulgares curvos resentidos».

Sobre la tapa, que estaba cerrada, se había depositado una fina capa de polvo. Nunca la había visto cerrada. Siempre había alguien tocando aquel piano, o afinándolo, o insultándolo, o sacándole brillo. Sabía que las teclas eran de marfil, ilegal desde hacía mucho. Era un piano viejo, con las teclas más amarillas que blancas. El marfil no arde. Arthur me había contado que en los viejos tiempos había dado clases a compositores que tocaban con una mano y fumaban con la otra. Cuando la ceniza caía en las teclas, estas se habrían fundido de haber sido de plástico. Era un piano bestial. Parte de él estaba hecho de elefantes. En esa sala oscura, en esa casa humilde, habían empujado contra la gruesa pared de piedra uno de los pianos más famosos del mundo. Era famoso porque los alumnos de Arthur lo eran. Sobre la tapa de arce yacían un montón de moscas muertas.

Elsa necesitará ayuda para abrir la ventana de su habitación, dijo Arthur a Andrew.

Manos de mantequilla, pues, repuso Andrew.

No estaba segura de qué quería decir.

Quédate un ratito conmigo, susurró Arthur con el hilo de voz con que ahora hablaba. No te vayas. Estamos donde estamos.

Estamos donde estamos, repetí.

¿Y dónde estás tú, Elsa?

Quizá no hubiera nadie en el mundo que me entendiera mejor. Y no me comprendiera. Cuando yo era niña, su tarea principal consistía en centrar mi dispersa atención. Su pregunta venía de lejos.

Esta vez la oí como un estribillo, una frase musical repetida.

Estoy aquí, contigo, respondí.

Mis palabras quedaron ahogadas por la mascarilla.

En aquel momento empecé a caer en la cuenta de que iba a perderlo. Daba igual que llevara mascarilla.

Andrew me acompañó a mi habitación. Me contó que Arthur ya no podía caminar y por las noches necesitaba ayuda para ir al cuarto de baño. El dormitorio era oscuro, con una ventana pequeña y una cama individual con una colcha de encaje blanco. Andrew parecía tener muchas ganas de irse y me deseó buenas noches. Junto a la cama había una mesa pequeña de nogal y patas curvas. Tenía algo encima. Yo ya sabía qué era lo que él había dejado allí. Los documentos, los papeles de la adopción. Aun así, fue un mazazo. Quizá una intrusión. A fin de cuentas, yo no los había pedido. Cogí la carpeta gris y la metí bajo el colchón de mi casta cama individual. Me apetecía más conocer las rutas de autobús de la localidad que leer los papeles de la adopción. Una ira tan antigua como el elefante que había muerto para convertirse en un piano entró en mi cuerpo.

Está ahí de todos modos.
¿Qué está ahí de todos modos?
No acaba de entrar en tu cuerpo.
¿El qué no ha entrado?

Tenía hambre y sed pero no me atrevía a salir de mi habitación. Oía a Andrew en la cocina. ¿Por qué no se iba de la casa de Arthur y volvía a la suya? Me pareció que estaba friendo cebolla. Ni siquiera me había ofrecido un vaso de agua, tan solo me había ordenado que me lavara las manos. Unas moscas volaban en círculo alrededor de la bombilla del techo. Oía la televisión con el volumen alto del bar y una pelea de gatos callejeros. Me quité los zapatos y me tumbé en la cama.

Cuando desperté tres horas después, Andrew estaba llamándome.

Presa del pánico, corrí a la sala de estar. Andrew quería enseñarme a incorporar a Arthur para que ambos pudiéramos llevarlo al cuarto de baño. El Maestro tenía que estirar los brazos al frente como un zombi y Andrew y yo colocaríamos un brazo bajo sus axilas izquierda y derecha para levantarlo. Por primera vez comprendí que llamarle Maestro era la forma que tenía Andrew de concederle cierto estatus al moribundo. ¿Lo agradecía Arthur? Era tan menudo y flaco que podríamos haberlo llevado en volandas. Me pareció que Andrew quería darle la dignidad de ir caminando hasta el cuarto de baño. Seguía haciendo mucho calor. Estábamos empapados de sudor a las dos de la madrugada. Pasé despierta el resto de la noche. Cuando bajé de puntillas a la cocina en busca de una botella de agua, vi a Arthur tumbado entre los brazos de Andrew. Estaban acostados juntos en la cama, mientras las chirriantes aspas zumbaban en el techo. El otro ruido era el de la respiración de Arthur.

har har har har har har

Era casi inaudible, pero inundaba la habitación.

25

¿Todavía aquí?

Sí.

Elsa, eres un milagro.

Arthur me cogió la mano bajo la brillante luz matinal.

Andrew también estaba allí, hirviendo de ira tras la barba.

¿Es hora de hacer un pis, Maestro?

No. Por favor. El huevo.

Andrew trajo una bandeja con el desayuno de Arthur.

Huevo, tostada, té. Golpeó un poquito el huevo para romper la cáscara y empezó a dar de comer a Arthur, que dijo que le dolían los ojos porque las pestañas le crecían hacia dentro.

Tengo conmigo a mi familia, dijo.

Un hilo de yema amarilla le corría por el mentón.

Pensé: Sí, bueno, eres casi mi padre. ¿Por qué no íbamos a ser familia? Y enseguida caí en la cuenta de que se refería también a su vecino.

Llevé la bandeja a la cocina y fregué los platos. Andrew me dijo que si quería desayunar había en el pueblo un supermercado pequeño donde podría comprar pan y café y agua.

Si quería algo, tenía que procurármelo yo misma.

Arthur, dije al volver a la sala de estar, salgo a comprar. ¿Quieres algo?

Me apetecería un rollito de salchicha.

En Cerdeña no hay lo que el Maestro entiende por rollitos de salchicha, intervino Andrew.

Intentaré encontrarle al señor Goldstein lo que él entiende por un rollito de salchicha, repliqué.

Arthur separó los labios y emitió un extraño sonido sibilante. Me di cuenta de que estaba riéndose.

En algún lugar del pueblo sonaban campanas.

Eché un vistazo a la hilera de fotografías enmarcadas de las estanterías. Todas eran de un Arthur y un Andrew más jóvenes. Ambos bronceados, sonrientes, con flores y verduras compradas en el mercado, o sentados en un restaurante, Andrew con el brazo sobre el hombro izquierdo de Arthur. La última se había tomado en un tren. Arthur llevaba un traje de lino blanco y un pañuelo de cuello rojo. Parecía conversar animadamente con Andrew, quien, enjuto y sonriente, alzaba hacia la cámara un tarro de cristal con aceitunas verdes. En esas fotografías quizá tuviera cuarenta años y Arthur sesenta. Por fin comprendí que hacía mucho que eran amantes. El amor con un imbécil era más factible en el sur.

Se les veía felices y en paz el uno con el otro.

Me interné en el pueblo desierto y encontré una cafetería en la plaza, enfrente de la iglesia. Aparte de los camareros, al parecer los pocos lugareños eran ancianos. Tal vez los niños estuvieran en el colegio, porque vi dos bicicletas pequeñas apoyadas en la pared de una casa. Mientras me tomaba el café, de repente me sentí joven, trágica, tal vez incluso malvada. Deseé que muriera Andrew en vez de Arthur. Me arrepentí de no haber seducido a Tomas en París. ¿Y si me quitaba toda la ropa y corría desnuda por el pueblo buscando un rollito de salchicha? Empecé a cantar fragmentos de la música que había estado componiendo en Londres. Esta vez le añadí el sonido de la respiración de Arthur la noche anterior.

har har har har har har.

Mi público eran los dos gatos callejeros sentados a mis pies.

Sin duda habían pasado toda su vida peleando en las calles del pueblo. Bajé la cabeza hacia ellos y, muy bajito, observada por sus ojos dorados, les canté envuelta en el sol de primera hora de la mañana:

> *Elsa, ¿dónde estás?*
> *Estoy aquí, contigo.*
> *har har har har har*

Uno de ellos no tenía orejas, y al atigrado solo le quedaba un muñón. Hice una fotografía a los gatos y se la mandé a Aimée con el siguiente mensaje:

> Mis alumnos de Cerdeña. Una sola oreja entre los dos.

En la panadería no encontré lo que Arthur entendería por rollitos de salchicha. Localicé la *gelateria* y entré a comprar un helado. Mientras contemplaba pasmada el refrigerador, llamó Rajesh para preguntarme cómo me iba. Leí en voz alta los sabores para él, que estaba en Green Lanes, Londres: *Pistacchio, cioccolato, stracciatella, mandorla.*

Coincidimos en que para Arthur solo existían dos sabores: el de chocolate y el de vainilla. Creo que Andrew quiere asesinarme, susurré a mi más viejo amigo. No me dejará pasar ni un minuto a solas con Arthur.

No le mencioné mis propios pensamientos asesinos.

Luego le dije que nuestro profesor se apagaba.

Pero ¿cómo estás tú, Elsa?

Estoy así, dije, y empecé a cantar por el móvil:

> *Elsa, ¿dónde estás?*
> *Estoy aquí, contigo.*
> *har har har har har*

Creo que deberías añadir fresa, *fragola*, a la combinación, respondió por fin Rajesh.

Y a continuación me cantó:

Mandorla, fragola, stracciatella.

Cuando regresaba a la casa oscura y polvorienta, me crucé con la mujer que a mi llegada había estado paseando al caniche. Me saludó alegremente con la mano. Al reparar en mis lágrimas, se persignó. El helado empezaba a derretirse en mis manos.

Elsa, estás aquí.

Sí.

Arthur quiso probar de inmediato el helado de chocolate. Andrew se lo dio con una cuchara.

No, ángel, le indicó Arthur. Tienes que dejar la cuchara más tiempo en la boca para que pueda saborearlo.

A eso se reduce la cosa en los días finales. Un poco de helado en una cucharilla lo es todo. Su mente se dispersaba. Decía cuanto le pasaba por la cabeza sin cancelar sus pensamientos.

Yo te hice quien eres.

Y yo te hice quien eres tú, respondí.

Andrew rio y empezó a meterse cucharadas de helado en la boca.

Arthur levantó las manos como quien controla el tráfico. El gesto que dirigió a Andrew significaba «Para».

Espero que llueva pronto y podamos dormir un poco.

Volvió la cabeza hacia mí.

La niña Elsa tiene muchas caras. Las he estudiado todas.

Seguro que el Señor hará que llueva solo por Elsa, salmodió Andrew al estilo de un cura lúgubre. Arthur se llevó un fino dedo a los labios.

Chsss, susurró, el concierto está a punto de empezar.

Si hubiera llevado puestas unas zapatillas griegas, habría sacado la daga escondida en el pompón y la habría hundido en el sarnoso muslo de Andrew.

Aquella noche levantamos a Arthur de la cama para ayudarlo a ir al cuarto de baño cinco veces. A las tres de la madrugada se fue la luz. Un problema con el generador. Andrew me informó de que había una bombilla que yo podía comprar y recargar durante diez horas en mi ordenador. Luego solo tenía que enroscarla en una lámpara y encenderla durante los apagones. ¿Y por qué no la había comprado él?

Necesitamos una enfermera de noche, propuse nerviosa.

Andrew convino en que podíamos arreglarlo si yo accedía a dar a la agencia los datos de mi tarjeta de crédito. Estaba cansado e insistió en que también necesitábamos una enfermera de día. Con su ayuda conseguí contratar a dos enfermeras para la semana siguiente. Entretanto, cortaba naranjas en rodajas y se las llevaba a Arthur, que más o menos había dejado de comer. En su arenoso huerto crecían melones. Casi todas las uvas se habían secado en las parras. Arthur me dijo que los melones eran demasiado radiantes. He dejado todo eso atrás, añadió. ¿Qué quería decir? Hay demasiada vida en un melón, murmuró, como si eso lo explicara todo. Me senté en una silla a su lado y le puse sobre la frente hielo envuelto en un trapo de cocina. Él no estaba de humor para hablar. Empecé a fumar un cigarrillo tras otro en el soportal mientras mi profesor se moría de un tumor en el pulmón. El encendedor de oro que había encontrado en Poros, con la palabra «Champ» grabada, había viajado conmigo desde la Bahía del Amor hasta Cerdeña. Amor y Muerte, entrelazados.

26

Vi a mi madre en un sueño.

Ella tocaba el piano y yo estaba tumbada debajo. Observaba sus pies sobre los pedales, sentía las vibraciones de la madera penetrar en mis costillas. Te besaré doce veces detrás de la oreja antes de irme, decía ella. De repente estábamos en un coche y había un bebé sentado a mi lado. Me lamía los dedos con su cálida lengua rosada. Yo le decía a mi madre: ¿Tienes una botella? Me refería a un biberón con leche para el bebé, pero no tenía ninguno. La madre estaba vacía, o vaciada. Hueca pero allí.

Me di cuenta de que ignoraba cómo era físicamente mi madre. Lo mismo podía decirse de mi doble. La había mirado, la había perseguido, pero no tenía ningún recuerdo visual nítido de su rostro.

Arthur estiró el brazo para agarrarme la mano.

Elsa, tu mano tiene música. Que fluye hasta la mía.

No me soltó.

Tengo aquí los documentos para dártelos.

Le dije que, si leía los documentos de la adopción, la música ya estaría escrita y yo no tendría nada sobre lo que escribir.

¿Escribir sobre qué? Rajmáninov es Rajmáninov.

Me animó a beber un vaso de cola. Estábamos retrocediendo hacia los primeros años que pasamos juntos, cuando yo tenía diez.

Arthur, ¿puedes oírme?

Sí.

¿Era mi madre alumna tuya? ¿En el pasado?

Fijó la vista en la pared.

¿Te habló ella de mí, cuando yo tenía seis años?

Te he dejado a ti la casa de Richmond y a Andrew la casa italiana, dijo.

La saliva se le escurría por la barbilla. Las moscas volaban alrededor de su cabeza.

Lee los documentos, Elsa.

Será la misma historia de siempre, dije.

¿Por qué no la dejas en paz?, replicó. Déjala que busque la luna.

Era como apretar un moretón con un dedo. Estar encadenada a la misma historia de siempre sin poder hacer nada. Una historia escrita por funcionarios con la obligación de consignarla en los documentos. Verme forzada a leer las palabras que escribieron para cada criatura abandonada.

Mandorla, fragola, stracciatella.
Eran palabras más interesantes.

¿Tal vez no lo sean?

¿Tal vez no sean qué?

Palabras más interesantes.

La voz de la mujer en mi interior. Como un puñado de guijarros arrojados contra una ventana.

Mientras Andrew pelaba patatas en el soportal, le conté mi conversación con Arthur. Llenó dos vasos de agua con una jarra y me tendió uno. Vació de un trago el suyo, lo que pareció avivar su hostilidad.

Eres muy cruel por no haber leído los documentos, afirmó.

Arthur ha tenido que cargar con el peso de su contenido durante décadas. El hecho de que prefieras la ignorancia le ha pasado factura.

Me agaché para abrocharme la sandalia y así no mirarle a los ojos. Se había descosido el pespunte de alrededor de la hebilla, que parecía a punto de caerse. Mientras la toqueteaba, me acordé de la estatua de bronce de Montaigne de la rue des Écoles en París, de cómo había tocado su brillante zapato cuando me dirigía a dar la clase a Aimée.

Había buscado información sobre Montaigne. Mientras el cuchillo de Andrew mondaba un aro de piel de patata, recordé una frase escrita por el filósofo: «La ignorancia es la almohada más suave sobre la que un hombre puede descansar la cabeza». Para mí no había ningún lugar más cómodo donde descansar la cabeza que la ignorancia. ¿Qué sentido tenía apoyarla sobre algo duro, insoportable, como los documentos? Los había sacado de debajo del colchón para meterlos en el armario bajo una manta polvorienta. Para apartar la historia de mi vista. Andrew tenía más que decir en la penumbra del soportal. En un momento dado arrancó una uva de la parra que crecía por encima de su cabeza, la lanzó al aire y la atrapó con la boca. Pareció ser la señal para dar pie a un discurso ensayado desde hacía tiempo.

Arthur se ha ocupado de ti desde que eras niña y ahora tiene ochenta años. Sin embargo, nunca le has preguntado cómo pensaba cuidar de sí mismo en la vejez.

Levantó el brazo derecho y escrutó las manchas secas y escamosas de su codo. Era psoriasis, dijo, una disfunción del sistema inmunitario, no contagiosa. Podía vivir con ella. Arthur también había vivido con ella. Durante muchos años se habían abrazado bajo el terapéutico sol meridional. Bien, en vista de que dentro de una hora vendría una enfermera, se ofrecía a llevarme a la playa. También a él le vendría bien un respiro, ¿o acaso no había pensado yo en eso?

Arrancó otra uva de la parra y esta vez la aplastó con los dedos.

Yo había dado a la agencia los datos de mi tarjeta de crédito. Al parecer Andrew no tenía dinero y se mostraba reacio a pedírselo a Arthur. No se habían casado, musitó con un suspiro, pero suponía que en cierto sentido él era una especie de padrastro mío. Al fin y al cabo —levantó la cabeza para contemplar las uvas moribundas—, Arthur no habla ni se preocupa de nadie tanto como de ti. Y aun así, soltó a las claras mientras se limpiaba los labios con un pañuelo raído, por lo visto nunca le has preguntado cómo lleva sus quehaceres cotidianos.

Yo seguía toqueteando la hebilla de la sandalia.

Cuesta ver a Arthur como a un padre.

Hablé en un susurro porque oía la respiración de Arthur en la sala de estar.

Yo era su niña prodigio, pero no era su hija.

Dadas las circunstancias, repuso Andrew, considero justo que yo herede la casa de Richmond.

No. Es mi casa. Soy su hija.

A ver si te aclaras. Blandió el cuchillo cerca de mis labios, como si quisiera cortarme la lengua.

Volví con Arthur, que dormía boca arriba. Me senté en el borde de la cama y me quedé mirando el tupido vello plateado de sus orejas. Al cabo de un rato le canté:

Mandorla, fragola, stracciatella.

Su pecho se elevó. Sus labios se separaron.

Mandorla, fragola, stracciatella.

Me cantaba a mí a su vez. Lo oí.

Cuando levantó la mano izquierda, nos rozamos la punta de los dedos.

Andrew me dijo que cogiera el bañador y la toalla. Pondría gasolina en el coche. Habló de la gasolina durante un buen rato. Como si se tratara de una operación de suma importancia. Más tarde se me ocurrió que estaba pidiéndome con indirectas que la pagara yo. Me pregunté cómo se ganaba la vida. Yo había ganado todo el dinero que tenía.

La enfermera llegó y preguntó por la medicación de Arthur. Todos los días después del almuerzo tenía que tomar una pastilla para aliviar el dolor. Era importante que comiera algo antes de ingerirla. La enfermera era tranquila y amable. Tenía un hijo de ocho meses, por lo que solo trabajaba en el turno de día. Su madre cuidaba del pequeño. El día anterior, dijo, su madre había matado dos pollos. Pensaba cocinarlos con tomate y aceitunas para celebrar un cumpleaños en la familia. La enfermera se ofreció a traer una ración para que el enfermo se la comiera antes de la pastilla.

Querida Eileen, dijo Arthur entre resuellos, espero que tu madre no haya matado al niño.

Se llamaba Francesca, pero yo sabía quién era Eileen: una de las *au pairs* que me habían cuidado cuando tenía nueve años. Yo le había enseñado a dibujar la clave de sol mientras ella estaba sentada en el sillón de terciopelo marrón ahora trasplantado a la vida italiana de Arthur.

Al igual que yo, ese mueble presenciaba ahora cómo Arthur abandonaba la vida lentamente.

Andrew llenó el depósito del coche y yo pagué la gasolina. Necesitaba descansar, olvidarse un poco de los cuidados. Repitió muchas veces esa cantinela. Era su primer respiro desde hacía tiempo. Estaba extenuado. No había dormido una sola noche entera desde hacía semanas. Le aconsejé que se fuera a la cama y recuperara el sueño perdido en vez de ir a la playa. Yo ayudaría a Francesca.

¿Y cómo la ayudarás?

Ya me indicará ella lo que he de hacer.

No, replicó Andrew, ahora tenemos gasolina.

Fue como si intuyera que prefería la compañía de la enfermera a la suya.

Había ocurrido algo cuando yo le había abierto la puerta principal a Francesca para que entrara. Ella había alargado la mano para tocar mi pelo azul. Al mismo tiempo, mis dedos habían tocado las alas de la libélula del broche prendido en el cuello de su blusa.

Así que tú eres la hija, susurró, *bellissima, bellissima.*

Daba la impresión de que Andrew intentaba separarme continuamente de Arthur y Francesca. Sin embargo, también insinuaba de manera maliciosa que yo había desatendido a mi profesor en la vejez. Era como si le debiera algo y la casa de Richmond sirviera para reembolsar el préstamo que yo nunca había pedido.

Un incendio forestal había ennegrecido los árboles de la carretera que llevaba a la playa. La corteza y las ramas carbonizadas y la hierba reseca parecían crear el ambiente adecuado para un día en compañía de Andrew. Paramos a comer en un pequeño chiringuito junto a un pantano entre la carretera y la playa. Un hombre sentado bajo una sombrilla raspaba las escamas de un pececillo plateado. Comimos espaguetis *alle vongole* en silencio. Las almejas eran dulces y saladas. Lamí las conchas, de pronto presa de un hambre voraz. Cuando mojé el pan, tierno y de color humo, en el frío vino tinto, Andrew me dijo que estaba comiendo muy deprisa.

Después no hablamos más.

Tal vez lo sea.
¿Tal vez seas qué?
Codiciosa.

Andrew decidió romper el silencio y charlar sobre la vida en el pueblo. La cajera del supermercado se acostaba con el marido de no sé quién. El panadero no era nada discreto, así que más valía no cotillear con él. La casa amarilla donde vivía el cura, al lado de la iglesia, tenía grietas porque el terreno donde estaba construida se estaba hundiendo. El farmacéutico, el cura y el alcalde eran las personas más importantes del pueblo. Comes como una loca, me repitió, para el carro, estamos en el sur.

Tal vez lo sea.
¿Tal vez seas qué?
Una loca.

Así que has estado viviendo en París.
No era exactamente una pregunta.
Da la casualidad, dijo, de que hace unos seis años, a principios de abril, estuve en Chablis ayudando a un amigo que tiene viñas allí.
Me contó que durante una fuerte helada en Chablis habían llenado latas de parafina y las habían encendido por la noche para calentar las vides. La temperatura cayó en picado y muchas quedaron dañadas. Al parecer los romanos también lo hacían. Era un viejo truco para caldear las viñas temblorosas. ¿Sabía que en invierno los romanos se ponían corcho en la suela de los zapatos? Después del agua y la leche, añadió, el vino era la principal bebida para los romanos corrientes, pero siempre lo mezclaban con agua. Tomar vino a secas se consideraba propio de los bárbaros. Lo interrumpí.
¿De qué parte de Gran Bretaña eres?
Nací en Durham.
Le pregunté si trabajaba y qué lo había llevado a Cerdeña. No quiso decir nada más. Respeté su deseo y me abstuve de

fisgonear y pinchar e incordiar. Rematamos el almuerzo con expresos servidos en pequeñas tazas de porcelana blanca. En cada platillo había un sobrecito de azúcar fabricado en Montichiari. Andrew me miró con su habitual expresión burlona.

Veo que te interesa Montichiari, pero no quieres saber nada de Ipswich.

Al parecer tú tampoco quieres saber nada de Durham, repliqué.

Cuando nos trajeron la cuenta, esperó a que la pagase yo. Saqué unos euros del bolso para abonar mi parte. Fue la primera vez que contraataqué a Andrew. Al mismo tiempo, me preguntaba qué veía Arthur en él. No entendía por qué su vida se había embrollado con esa persona. Era un hombre que parecía perdido. Herido. ¿Cómo había ido a parar a ese abrasador pueblo y se había convertido en el amante de mi extravagante profesor, que hablaba siete idiomas y leía la Biblia en hebreo? Arthur no soportaba lo que llamaba «mediocridad». Si fuerais mediocres aplicados, les decía a sus alumnos, no os daría clases. Sin embargo, al parecer en el sur era factible el amor con alguien que lo llamaba Maestro.

La playa era una franja larga de dunas de arena. Entre las piedras y los cristales rotos crecían flores blancas. Por todas partes pululaban moscas pequeñas: en la arena, entre los dedos de mis manos y mis pies, sobre mis labios. La socorrista pasaba la mayor parte del tiempo hablando por teléfono y de vez en cuando echaba un vistazo hacia el mar abierto, donde los bañistas se zambullían en las olas. Dijo que vivía en un apartamento con algunos de los empleados de verano de un hotel de la zona. Seis por habitación. Señaló a un hombre con una túnica blanca que caminaba por la larga playa vendiendo rollos de tela de algodón. El hombre llevaba nueve sombreros puestos, uno encima de otro, y también los vendía. Cada vez que alguien se mostraba interesado, dibujaba el precio en la arena con el dedo.

Es agricultor, de Somalia, dijo la socorrista. Sabe cultivar olivos, hortalizas y fresas. Atravesó a pie el desierto de Sudán y Libia para llegar a Italia. La joven levantó un brazo y le saludó con la mano. Él se giró para mirarla y la saludó a su vez, alto y elegante con la túnica blanca, el embravecido mar verde detrás.

Me zambullí en las olas encrespadas y permanecí una hora en el mar para evitar a Andrew. Al cabo de un rato se me aflojaron los tirantes del sujetador del biquini. Y luego se me soltó. Tuve que nadar hacia la orilla, entre el oleaje, con él en la mano. Cuando el agua me llegó a las rodillas, traté de atármelo, con los pechos a la vista de todos los que estaban en la playa. Bajo el sol de justicia, mi cuerpo medio desnudo dio pie a una aparición de mi madre. Algo que había visto, o quizá invocado para consolarme o atormentarme a mí misma, cuando tenía seis años.

Intenté verla de nuevo mientras bregaba con los tirantes, pero la aparición se disolvió en la luz y la espuma revuelta. Por la razón que fuera, en Cerdeña, siempre que pensaba en mi madre, acudía de inmediato a mis dedos. Podía escribir las notas en la arena, del mismo modo que el somalí dibujaba con el dedo el precio de las mercancías que vendía. Cuando las olas rompían en la orilla, los números desaparecían sin dejar rastro. Igual que ella.

De camino a casa, le pregunté a Andrew cómo podríamos evitar que Arthur pasara calor. Haces muy bien poniéndole hielo, contestó, pero necesita un aparato moderno de aire acondicionado. El sol me había quemado por el tiempo que había pasado en el mar evitando a Andrew. De improviso me preguntó si pensaba en mi madre.

No, respondí, nunca pienso en ella.

Proseguimos el viaje en silencio a través del bosque quemado y carbonizado.

27

Toca para mí, murmuró Arthur, toca el Raj.
Señaló su polvoriento Steinway arrumbado en un rincón.
Negué con la cabeza.

Quiere ver su reflejo en el río una última vez, oí a mi doble susurrarme al oído. Tú, Elsa M. Anderson, eres su leyenda.

Tal vez lo sea.
¿Tal vez seas qué?
Brutal.

Andrew me enseñó a pelar los higos chumbos. Sus espinas, finas y transparentes, eran peores que las de los erizos de mar. Era una fruta naranja, llena de semillas y jugosa. Unos meses antes Andrew había recogido espárragos trigueros y los había congelado. No compartía los sencillos gustos gastronómicos de Arthur y se preparaba diversos tipos de carne con flores de hinojo. Ahora desayunábamos juntos, pero solo porque así hablábamos del plan de los cuidados de Arthur durante la jornada, y yo me ocupaba de comprar los comestibles. Andrew hervía patatas todos los días para hacerle purés.

Al poco tiempo dejé de echarme protector solar. Dormía en la hamaca colgada bajo las marchitas parras y enseguida me puse morena. El azul iba desapareciendo de mi pelo. Me hice amiga de la encargada de la escuela de bordado. Se llamaba Marielle. Cuando atravesaba la tela con su aguja, era como una ingeniera poseída por la inspiración.

Francesca, la enfermera de día, quiso saber cuánto tiempo pensaba quedarme.

Andrew me tradujo la pregunta, aunque sabía que yo la entendía; su tono cortante siempre me castigaba por algo que yo no acababa de entender.

Supuse que la respuesta sería hasta que mi profesor exhalara su último aliento. Fui incapaz de pronunciar esas palabras, así que le pregunté por su hijo. Dar a luz es un suplicio, respondió. Aún tenía el cuerpo desgarrado y amoratado, creyeron que se moriría, tantos puntos de sutura, tanta sangre, y ahora tenía los pechos hinchados de leche. Aunque no amamantaba a su hijo, la leche seguía saliendo. Se señaló la blusa mojada, pero yo estaba mirando las cuatro alas enjoyadas de la libélula del broche prendido al cuello.

28

Elsa, dijo Arthur, ¿dónde estás?

En Ipswich, respondí.

Cerró los ojos.

Estoy en Ipswich el día que fuiste a oírme tocar el Bösendorfer.

Sí, susurró.

Dijiste que, si me dabas clases, me llevarías muy lejos de mi vida tal como la conocía hasta entonces.

No te mentí.

¿Por qué me separaron de ella?

¿Dónde estás, Elsa?

¿Geográficamente, quieres decir?

Se señaló la cabeza y luego el corazón.

Ah, la cabeza.

Entonces ¿no has leído los documentos?

Fue como si diera a entender que se me partiría el corazón si los leía. Sus labios se movían. Me incliné más hacia él para oírle.

Y me incliné aún más.

Si tú no eres tú, ¿quién eres?

Aquella noche me senté sola en el bar con el televisor a todo volumen. Tras un par de cervezas, rompí a llorar. Fue impactante sollozar tan fuerte mientras pasaban un anuncio de suavizante de ropa. El dueño del bar continuó viendo la televisión. Parecía traerle sin cuidado que su única clienta estuviera llorando. Por lo visto, el suavizante llevaba gardenias. En la pantalla flotaron flores blancas que cayeron en la palma de la mano de una mujer que se acariciaba la cara con una toalla.

Si tú no eres tú, ¿quién eres?
Si ella no estaba allí, ¿dónde estaba?

La mujer que había comprado los caballos estaba lejos, en otra parte. Y de pronto se dejó oír. Su voz era suave y clara, como el agua que corre sobre las piedras en un río poco profundo.

Tal vez lo sepas.
¿Tal vez sepa qué?
Que ella estaba allí.

Andrew quiso ir a la playa otra vez a la mañana siguiente. Me pareció que no me quedaba más remedio que acompañarle. Pasó la mayor parte del rato charlando con el somalí que dibujaba el precio de sus mercancías con el dedo en la arena. Era demasiado temprano para que soplara el mistral, pero por lo visto ya había llegado.

Eres una hechicera, me dijo Andrew. Estás levantando las olas y nos ahogarás a todos.

Corrí hacia el mar turbulento. Al principio intenté nadar contra las olas. Como la corriente me empujaba hacia fuera, me resultaba imposible recuperar el aliento antes de que la siguiente se estrellara contra mi cabeza. Dos surfistas caminaban por la playa con la tabla bajo el brazo; era evidente que habían decidido no meterse. Si quería volver nadando a la orilla, tendría que emplear todas mis fuerzas.

Tal vez no quieras.

¿Tal vez no quiera qué?

Volver nadando a la muerte y los documentos.

Ella estaba allí otra vez, conmigo, mientras yo escupía y jadeaba.

Andrew me llamó a voces. Había comprado dos rollos de tela al agricultor somalí. Los alzó por encima de la cabeza y los agitó hacia mí. Le oí gritar y luego el viento se llevó su voz. Cuando salí del mar embravecido, me enseñó a cubrirme el cuerpo con la tela de algodón para evitar que la arena me fustigara la piel y los ojos. También él se envolvió con la otra tela. Parecíamos nómadas mientras atravesábamos las dunas. Separados pero juntos. Caminando hacia la sordera.

En el coche, Andrew pareció mostrarse más cordial.

Me alegro de que estés aquí.

¿Qué harás con la casa de Arthur?, le pregunté.

Venderla. Necesito fondos para cuando sea un vejete.

Mientras cruzábamos el negro bosque carbonizado, Andrew me contó que en el pasado había sido adicto al juego. Lo había perdido todo. Pero el instinto de jugador era lo que le había impulsado a correr el riesgo de amar a Arthur. Para su sorpresa, Arthur había corrido el riesgo de amarlo a él. El amor era la adrenalina, la adicción, era como una máquina tragaperras: metías las monedas y el premio era un poeta de la música del siglo xx. Sin embargo, Arthur no compartiría una cuenta bancaria. Por nada del mundo. Al fin y al cabo, tenía una hija a la que mantener. Andrew me miró con expresión airada. Su dinero, dijo, es tu dinero. Se ha tomado muy en serio su responsabilidad contigo. En cambio, tú no te has tomado en serio la responsabilidad que tienes con él.

Era cierto.

¿No piensas leer los documentos?

Negué con la cabeza.

Bueno, pues para que Arthur no malgaste aliento tendré que contártelo yo.

No, no lo hagas.

Elsa, estás fatigando a Arthur.

Conducía muy deprisa en ese momento, como si temiera que yo fuera a abrir la portezuela para saltar del coche. Si me hubiera quedado en el mar, jamás tendría que leer los documentos. Me cubrí la cabeza con la sábana de algodón.

Más o menos le has dicho a Arthur todo lo que hay que saber, prosiguió.

Sí, ella era alumna de Arthur.

Sus manos en el volante. Su pie en el acelerador.

Los vecinos de ella te acogieron. Y más tarde Arthur dio un paso al frente. Le gusta recoger almas en pena, sí. No tenemos que ser genios para llamar su atención.

Aquella noche me tumbé en la cama de mi sofocante habitación y leí los documentos.

Nombre: Niña.

Los mosquitos. El zumbido del ventilador al lado de la cama. Arena en las fosas nasales y las orejas. Mi cuerpo. Desnudo. Largo y esbelto. La joya del ombligo. Algas en mi pelo azul. No podía hacer nada para hechizarla. Mi madre biológica ni siquiera me había puesto nombre. Me había abandonado en cuanto nací. Lo que más me desgarró fue su dirección. Durante mis primeros seis años de vida nos había separado un campo.

29

Yo sabía que ella estaba allí, pero no quería asustarla. Era un sentimiento acuciante. Me pareció verla un martes apoyada en un muro de piedra, en la linde entre dos campos. El muro tenía un agujero que aún no habían tapado. El granjero no tenía tiempo o dinero para reparar las cercas y a veces las sustituía por alambradas de espino. Yo había reptado por debajo del alambre de una de esas vallas para llegar al muro. Ella tenía la falda anudada en la cadera, como si se le hubiese roto la cremallera. Estaba desnuda de cintura para arriba. Tenía la espalda recostada en el muro, los ojos cerrados. Estaba muy quieta. Sobre su cabeza revoloteaba una libélula que semejaba una aguja turquesa con alas. Cuando pasó por delante de su cara, abrió los ojos.

Sabía que yo estaba allí, pero se negó a mirar en mi dirección.
Me pregunté si se avergonzaba de mí.

Yo me avergoncé de ella. Viéndola desnuda de cintura para arriba, pensé que estaba loca. Eso atizó el fuego de mi temor secreto: que mi madre estuviera trastornada. Que hubiera hecho algo malo para perderme. Y entonces vi que estaba tomando el sol. El muro de piedra era dorado. Estaba iluminado por el sol. Las piedras debían de estar calientes contra su piel.

30

La encargada de la escuela de bordado había confeccionado siete vestidos para venderlos en el mercado de las afueras del pueblo. Los tenía colgados en un perchero móvil. Uno era de seda blanca, similar al que mi doble llevaba cuando huyó de mí en París. Blanco como la tiza. La tiza que creaba las formas del alfabeto en la pizarra escolar. Yo había escuchado los sonidos en palabras y cómo se mezclaban los sonidos. Me pidieron que levantara el índice y trazara la letra A de «Ann». Mis padres de acogida me habían puesto nombre.

La falda llevaba bordadas diminutas flores silvestres. El viento la levantó como a una bandera, quizá una bandera blanca de rendición. Marielle me preguntó si me gustaría probármela. Iba a rebajar el precio, dijo, tenía un pequeño rasgón en la sisa, no le daba tiempo a remendarlo antes del día del mercado. Me sentí más cerca de mi doble y de mi madre con el delicado vestido puesto. Sin mangas, ondeante, desgarrado.

Ella había vivido en la casita destartalada que se alzaba al final del campo del hogar de mi infancia. Eran los pastos prohibidos. Yo no había preguntado ni una sola vez quién vivía allí. Quizá no quisiera conocer la respuesta. La pregunta flotaría a través del tiempo.

Marielle envolvió el vestido con papel manila.

Me dijo que la seda era del Véneto.

Las palabras del documento. El lenguaje administrativo.
Peso. Altura. Color de ojos.
Padre: Desconocido.

Los documentos no informaban en ninguna parte de que los caballos habían trasladado el piano de mi madre desde su casa hasta la mía. Yo lo acaricié y él me acarició a su vez. El Bösendorfer de cola. Nunca nos separaríamos, ese fue el pacto que sellé con su piano. Sentía la presencia de mi madre todos los días y todas las noches. Una persona desconocida para mí, pero que de todas formas escuchaba con suma atención. Aunque no lograba verla con claridad, la percibía intensamente. Se suponía que me pertenecía a mí. Que pertenecía a la iglesia. A mi padre desconocido. Al suavizante con gardenias. Tenía veinte años cuando dio a luz y todos le echamos la mano encima. Si mi madre pertenecía a la música, me había transmitido a mí lo único que anhelaba, su último deseo para sí. Pagué el vestido y paseé por el pueblo. Al cabo de un rato entré en una cafetería y tomé el plato del día, *lorighittas*, que significa «trenzas de pasta». Seguía furiosa con ella. El mundo entero estaba furioso con ella. Excepto Arthur. Él nunca la había juzgado. Dejadla en paz. Dejadla que busque la luna. Él no la había apuntado con el índice. Al contrario, había intentado ayudar a su alumna. Comprendí que el silencio de Arthur, cuando al final empecé a plantear preguntas sobre ella, pretendía alentarme a convertirla en algo que fuera mío. Al fin y al cabo, mi madre ya había sido escrita por todos los demás.

Edad: 20.

31

Le dije a Arthur que había leído los documentos.

Mi profesor me cogió la mano.

Yo estaba incompleto, afirmó con el hilillo de voz con que ahora hablaba. Aproveché tu necesidad de tener una familia. Te obligué a trabajar demasiado, no tuve piedad.

Sí, dije.

Una moto aceleró al otro lado de la ventana. Oí mosquitos cerca de mi oreja. Su frenético batir de alas. El agudo sonido quejumbroso. El sonido del silencio de mi madre en la casita frente al hogar de mi infancia. De algún modo, yo lo había sabido. Ella me oía tocar. Mis dedos le hablaban todos los días.

No importa, repuse.

Intentaba decirle que le quería, pero las palabras se negaban a salir del mar embravecido. Cada vez que intentaba arrastrarlas hacia la orilla, una ola se precipitaba y rompía y las silenciaba.

De todos modos, no es exactamente la misma historia de siempre.

Él sabía que me refería a los documentos.

¿De veras? Pareció sorprenderse. ¿Por qué lo dices?

Ella no se tiró al río Orwell. Me mandó el piano.

Entiendo, murmuró.

De todos modos, eres el único progenitor que me reclamó. Y el único padre que he querido.

Arthur se sorprendió.

Quizá esperaba que dijese que era el mejor profesor del mundo. Sus párpados temblaron unos segundos. En cierto modo pareció decepcionado, como si se sintiera herido en su amor propio.

Toca para mí, susurró, toca el Raj.

Iluminada por el resplandor de la pantalla de flecos rosas, toqué toda la noche en las teclas de marfil mientras Arthur, recostado sobre un montón de almohadas viejas, escuchaba con los ojos muy abiertos. Es donde estábamos. Aquí. Por siempre entrelazados en la música. La alfombra del escorpión y la lámpara y el Steinway de nuestra casa de Richmond trasplantados a Cerdeña. Mis manos aseguradas tenían rasguños y ampollas y estaban atezadas por el implacable sol de Cerdeña. Empecé con el tañido de campanas de Raj del *Concierto para piano número 2* y pasé a otros pensamientos y preocupaciones musicales. Mientras los gatos callejeros bufaban y una ambulancia cruzaba el pueblo como un rayo, cancelé cuanto pensaba que era yo y di entrada a todo lo demás que me llegaba. Fue una especie de monumento, no solo a mi padre-profesor, sino también a la virtuosa que él había creado.

Y mientras tocaba recordé a mi doble en Atenas y en París. Al igual que mi madre, me escuchaba con suma atención. Vi las flores rosas que crecían junto a la Acrópolis. Las dejé entrar en la música. Me habían trasladado en el tiempo a otra historia antigua. A los manteles y las tostadas y las zarzamoras de los primeros seis años con mis padres de acogida, a las gallinas del jardín y las rosas que se desprendían del muro. Habían intentado proporcionarme un hogar. Hasta el día en que Arthur me dijo que no podía dar clases a Ann, pero sí a Elsa, y que mi talento me elevaría a una casa más grande si yo quería. Se refería a una casa en el arte. Resultó que sí quería. En esa casa había habitaciones suficientes para el sentimiento de soledad que me dominaba a todas horas, para la ira siempre presente. Aquel abrasador agosto oí la respiración de los caballos resollantes, sentí el anhelo de aquello de lo que tiraban acercándolo cada vez más a mí, arrastrando a mi madre hacia mí a través del campo seco bajo el cielo de Suffolk. Ella no quería que la encontraran. En cambio, los caballos entregaron su piano.

Dejadla a solas. Dejadla en paz. Dejadla que busque la luna.

Yo la encontré en la música, sola, tomando el sol apoyada en las ruinas de un muro de piedra. Quizá ella no encontrase la luna, pero sí encontró el sol. Una libélula revolotea junto a su cara. Ella abre los ojos y me mira un instante. Yo la miro. La contemplo por siempre jamás. La historia más antigua nunca me protegerá de esa contemplación, que se transmite en este momento a la punta de mis dedos y la curva de mis pulgares sobre las teclas de marfil.

Arthur estaba acostado en la cama con los brazos cruzados.

Piensa en todas las cosas hermosas que puedes hacer ahora, susurró.

32

Pasé el día siguiente tumbada en la hamaca bajo las parras secas. A las cinco de la tarde Arthur pidió un Bénédictine. Esa noche busqué el licor en el supermercado. Fue un milagro dar con una única botella cubierta de polvo en el estante. Un milagro. Un milagro. La etiqueta nos informó de que estaba elaborado con flores, hierbas aromáticas, raíces y bayas. Arthur tomó un pequeño sorbito.

Tienes la misma estatura que tu madre, dijo. Siempre me impresionó su perfil mientras tocaba. Pero cuando se inclinaba para saludar, antes y después de las actuaciones, no levantaba la vista de los pies.

Estaba arrodillada junto a su cama, cerca de su cara para poder oírle.

Soy una persona muy bajita, dijo, y volvió la cabeza hacia mí, como para que confirmara que era cierto.

Sí, dije.

Por tanto, continuó, siempre he sentido la tierra que piso, pero por razones anatómicas he tenido que mirar hacia arriba, pues de lo contrario solo vería mis pies. Podemos llegar lejos mirándonos solo los pies, pero entonces el Papa nunca gritará ni la *Mona Lisa* llevará bigote.

Alzó su descarnado brazo izquierdo hacia las aspas del ventilador que giraba en el techo.

Y mira dónde estamos ahora.

Se volvió de nuevo hacia mí.

¿Dónde estamos ahora?

Bueno, dijo. Me he fijado en que haces una profunda inclinación antes y después de las actuaciones. Te doblas por la cintura. Y acto seguido te incorporas para mirar al público. Separas los brazos de los costados y los estiras hacia fuera para luego juntarlos.

Alzó el meñique y lo apoyó en la costra que tenía en la comisura de la boca.

Cuando inauguren mi estatua en diversos conservatorios, susurró, ten la seguridad de que se habrán ahorrado bastante dinero en la cantidad de mármol o bronce empleada para reproducir al pequeño Maestro. Saldré barato.

Andrew debió de oírnos reír. Entró en la habitación y preguntó si Arthur estaba borracho. Arthur levantó la copa de Bénédictine a modo de saludo. Sus pensamientos empezaron a divagar hacia la esposa de Mahler. Al parecer Alma Mahler se bebía una botella entera de Bénédictine todos los días. Al cabo de un rato nos anunció: Queridos míos, parece que la *Novena sinfonía* de Beethoven ha gustado mucho y los cazadores de autógrafos han sido rapaces.

La mañana en que Andrew entró en mi habitación sin llamar a la puerta supe que Arthur había muerto.

Su fe en mí ha sido una fuerte presencia en mi vida, dijo Andrew.

Lo mismo puedo decir yo, repuse.

Supongo que regresarás a Londres y venderás la casa de Arthur.

No. Iré a París.

Era mi casa. Él la quería. Quería irrumpir en ella como un agente judicial. Para que le reembolsara algo que yo no entendía.

Lo seguí hasta el huerto. Empezó a desenroscar la manguera.

Andrew, dije, lamento no haber estado aquí cuando Arthur estaba enfermo y tú necesitabas ayuda.

Me dio la espalda. Le oí llorar mientras apuntaba la manguera hacia las sedientas parras.

33

PARÍS, AGOSTO

Había dejado mi abrigo en la tintorería Express de la rue des Carmes nueve meses atrás. En aquel entonces yo era pálida y azul, mientras que ahora estaba morena y el azul iba desapareciendo. Ese día hacía demasiado calor para llevar el sombrero de fieltro. Se había formado cola en la entrada de la tintorería. Al parecer un cliente había llevado a lavar el equivalente de las sábanas de un hotel. La dependienta estaba examinándolas una por una antes de aceptar el trabajo.

Miré la cúpula blanca del Panteón en lo alto de la colina. Entre quienes tenían allí su sepultura se contaban Victor Hugo, Émile Zola, Voltaire. Había cierto debate sobre dónde debería enterrarse a Arthur, pero probablemente sería en Cerdeña. Andrew quería plantar flores en su tumba. Resultaba extraño, pues Arthur Goldstein era una figura pública, no pertenecía solo a Andrew. Llegarían peticiones para que se le inhumara al lado de los aclamados y célebres del cementerio de Highgate o de Père Lachaise. Había dado clases a muchos alumnos de todo el mundo convertidos ahora en músicos distinguidos. Querrían rendirle honores ante su tumba. Quizá la última ascensión de Arthur fuera someterse al amor cotidiano y corriente.

Una mujer había aparcado su patinete eléctrico delante de la tintorería. Un gran loro blanco estaba posado en el manillar. Parecía saber que estaríamos en la cola hasta el anochecer. Al cabo de un rato metió la cabeza bajo el ala y se durmió. Empecé a marearme, así que salí de la fila y me alejé por una travesía.

El mundo giraba lentamente en esa época de duelo. Por las noches, cuando miraba las estrellas por encima de Notre Dame, debía aceptar que Arthur había dejado el mundo. Tenía hambre a todas horas, pero no podía comer nada. Me sorprendí parada al lado de una *boulangerie*, enfrente de una iglesia de piedra imponente. Un rótulo me informó de que la iglesia se había construido en el siglo XIII en lo que entonces era un campo de cardos. Mientras estaba delante de la *boulangerie* mirando hacia el interior, conté unas nueve abejas posadas sobre las bolitas blancas de azúcar que cubrían los brioches colocados en un estante junto al escaparate. Cuando la dependienta fue a coger uno, vi que llevaba guantes de plástico. Observé las abejas sintiendo cómo el sol me daba de lleno en los hombros. Estaban embotadas, aturdidas, saciadas mientras chupaban el azúcar. Quizá esas abejas hubiesen cartografiado el recuerdo del campo de cardos del siglo XIII. Y se hubiesen dirigido a ese lugar concreto en busca de alimento, solo para descubrir que ya no existía. Del mismo modo, yo había cartografiado el recuerdo de los caballos de Ipswich y ese recuerdo había aflorado en Atenas, transmitido por un tenderete de animales mecánicos de pilas. Tomé un sorbo de agua de la botella de plástico caliente que llevaba en la mano. Alguien me dio unos golpecitos en el hombro.

Vislumbré su reflejo en el escaparate mientras contemplaba las abejas y los brioches. La mujer que había comprado los caballos estaba detrás de mí con un vestido amarillo de cuello halter. Nuestros cuerpos se habían transformado para fusionarse en una única sombra: cuatro brazos, dos cabezas. Tendría que darme la vuelta y mirarla a la cara, a ella, que quizá fuera yo misma, pero que indudablemente era ella misma.

Uno, dos, tres.

He leído las necrológicas, dijo. Sales en todas.

Sí, mi profesor ha muerto.

Asintió. Dijo que fuiste su última alumna. Un regalo en su vejez. Al parecer tu segundo nombre es Miracle. Elsa M. Anderson.

Miré por encima de su hombro y me planteé la posibilidad de huir, como había hecho ella una vez.

Mira, añadió, me da igual lo del sombrero.

Dos mujeres que pasaban por la calle me señalaron.

También ellas han leído las necrológicas, dijo. En todas sale tu fotografía. Ahora saben que tu segundo nombre es Miracle, creen que los enfermos pueden curarse tocándote el pie.

No sé qué hacer, dije.

Decidimos quedar en el Café de Flore a la mañana siguiente.

El calor había cesado y estaba lloviendo. Tardé dos horas en vestirme. En la ducha del cuarto de baño del hotel no había agua fría. Salía hirviendo, como la relación de Nietzsche con Wagner, y al cabo de un rato se enfriaba un poco. Me pasé el cepillo por el pelo cien veces, pasé una hora recogiéndomelo con horquillas. El sol sardo había vuelto más brillantes mis ojos verdes. Tal vez no tanto relucientes como lacrimosos. Me puse bálsamo en los labios y pendientes de aro en las orejas, me até los cordones de las deportivas. Por último, me enfundé el vestido de seda blanca como la tiza que había comprado en Italia y me puse el sombrero de fieltro. Había dejado de llover.

Ella ya me esperaba en una mesa de la terraza del Flore.

Su impermeable verde estaba mojado. Tal vez hubiera salido temprano y le hubiese pillado la tormenta.

Hola, Reina, dijo, ¿quieres hacerme compañía?

Me senté a su lado. Estábamos en la primera fila de mesas y sillas, codo con codo, de cara al boulevard Saint-Germain. Bajo su impermeable verde atisbé el mismo vestido plisado de seda blanca que había llevado el primer día que la vi en París. Tenía dos agujeritos minúsculos en el cuello. Polillas, dijo, les gusta la seda. La conversación que habíamos mantenido a través de tres países europeos había abordado sobre todo lo que teníamos a nuestra espalda, el pasado, mientras que ahora estaba sentada con ella en el presente.

Lo sé todo de ti, dijo.

¿Qué sabes?

Yo tenía algo en la mano: el tubo de crema de manos de flor de naranjo que había comprado el día que ella pasó por delante de mí en el Flore.

Desenrosqué el tapón y empecé a frotarme los dedos con la crema.

Eras una pianista famosa, dijo. Y luego perdiste los papeles.

Sí.

Y ahora has perdido también a tu profesor.

Le pasé la crema de manos. Apretó el tubo para echarse unas cuantas gotas en la muñeca izquierda.

Has estado siguiéndome, la desafié.

El tráfico estaba como siempre. Congestionado.

Tienes que cuidarte las manos, observó.

¿Qué hacías en Green Lanes, en Londres?

Nunca he estado en Londres.

Le dije que me parecía haberla visto mirando joyas de oro para novias en las tiendas, y luego pasando por delante de locales de *gözleme* y kebab y esperando ante la entrada de la panadería Yasar Halim.

Negó con la cabeza.

Pero ¿estuviste en Atenas cuando yo estaba allí?

Sí.

Y compraste los caballos.

Sí.

El camarero nos interrumpió. Querríamos dos vasos de Perrier con menta, le dijo ella con su voz de piedras calientes.

Debes de echar de menos a tu profesor, ¿no?

Lamento no haberle enseñado Atenas y París antes de que fuera demasiado viejo y estuviera demasiado cojo para caminar sin ayuda.

Bajó la cabeza.

He estado llevándolo a pasear por ti, dijo.

¿A quién?

A tu profesor. Le gustó el Museo de Arte Cicládico de Atenas y sintió una afinidad especial por la gente de Grecia. De París admiró los puentes y el queso de oveja con grosella negra.

Tú sí que estás loca, dije riendo. Pretendes asustarme. Mi profesor jamás comería queso de oveja con grosella negra. Su plato favorito era el puré de patatas. ¿Quién era el anciano que te acompañaba?

Ah, sonrió al tiempo que sacaba del bolsillo del impermeable una caja de puros. Es mi padre.

Las dos encendimos un cigarro con el mechero de oro que había encontrado la noche que me alejé nadando de Tomas en la Bahía del Amor, el que había llevado conmigo a la muerte en Cerdeña.

Tienes que prenderlo de manera uniforme, dijo. Hazlo girar y mueve la llama hacia el centro.

El camarero nos trajo la Perrier con menta y un cuenco pequeño con patatas fritas. Fumamos en silencio en la primera fila del Flore. Nuestras manos olían a flor de naranjo. Ella tenía la piel aceitunada y los ojos castaños. Su acento no era inglés. Unos pajarillos subieron dando saltitos a nuestra mesa y picotearon las patatas fritas. Yo llevaba todavía puesto su sombrero. Al cabo de un rato advertí que tenía la mano sobre su hombro izquierdo.

Es agradable, dijo, estar sentada con un milagro.

Era como si después de todo hubiésemos nadado hasta la isla que yo había soñado para nosotras.

O quizá fuera una bahía.

Ella me calmó.

Ella fue como un rincón de una habitación.

Ella apretaba el encendedor de oro en su mano.

Un hombre de cincuenta y tantos años se detuvo ante nuestra mesa. Llevaba una bolsa grande de cuadros azules y rojos hecha de plástico fuerte y con cremallera. Si era un sintecho, se cuidaba. Se había afeitado, tenía la tez radiante y llevaba una camisa rosa limpia y planchada.

Dijo que era de Singapur y que se había dedicado a la investigación médica desde que su padre enfermó. En la bolsa llevaba numerosas copias de los documentos que constituían el fruto de las pesquisas realizadas durante toda su vida. Nos preguntó si nos gustaría leerlos. Parecía que quería que los leyéramos, pero no solicitó nada a cambio directamente. Le dimos veinte euros y, aunque no había pedido dinero, los aceptó con dignidad.

Esperen, por favor, dijo, tenía que ordenar los documentos de la bolsa. Se arrodilló junto a nuestra mesa y empezó a reunir varias páginas de tamaño A4. La bolsa estaba repleta de un montón de fotocopias de caligrafía sinuosa, en tinta negra. Me entregó cinco hojas, se aseguró de que estuvieran numeradas, nos dio las gracias y se alejó.

De la información de los documentos se deducía que era médico y que se le podía encontrar en un determinado parque atendiendo consultas entre las dos y media y las cuatro y media. El dato se había tachado y corregido, de cuatro y media a cinco y media, y se había añadido el nombre de la estación de metro más cercana. El hombre explicaba que había curado diversas afecciones a su padre enfermo, fallecido hacía diez años. Seguía llorando por él todos los días. Explicaba que, cuando un pingüino emperador hembra pone un huevo, vuelve al mar, donde permanece dos meses para alimentarse. Es tarea del padre, explicaba, dar calor y cobijo al huevo. Mientras la madre está fuera, el macho lo mantiene entre las dos patas para protegerlo de los depredadores a lo largo del frío invierno. No podrá comer durante dos meses. En cuanto la madre regresa, él se dirige hacia el mar para nutrirse. En la segunda página el hombre explicaba que los elefantes lloran la muerte de los miembros de la familia y que, cuando nacen, sus hermanas les echan arena en el cuerpo para resguardarlos del sol. Debajo de esa información el hombre había escrito TE QUIERO PARA SIEMPRE. La o tenía forma de corazón. En la tercera página relacionaba las disciplinas científicas que había estudiado. Eran ciento siete, todas numeradas, de anatomía a neumología, de urología a oncología, con interpolaciones en mayúscula de ¡¡¡TE QUIERO MUCHO MUCHO PARA SIEMPRE!!! Todas las oes tenían también forma de corazón.

Había leído en total trescientos mil artículos científicos, explicaba, pero, a fin de llevar una vida sana, recomendaba sobre todo sol y ejercicio, beber agua caliente, comer verduras moradas, así como ajo y jengibre, comer costillas de ternera dos veces por semana, tomar potasio, magnesio, oro, hierro, correr hasta que se empiece a sudar y acostarse temprano por las noches.

Sus palabras eran diferentes de las escritas en mis documentos, donde en ningún lugar aparecía ¡¡¡TE QUIERO MUCHO MUCHO PARA SIEMPRE!!!

Esas palabras solo importan si salen del corazón, dijo ella al tiempo que volvía a encender el puro, que se había apagado mientras leíamos los papeles.

Creo que él las entiende, repuse.

Pero escribir las oes en forma de corazón —lanzó una voluta de humo— es un golpe bajo.

El puro refulgía entre sus labios.

Al cabo de un rato se lo quitó de la boca y lo dejó en el cenicero.

Tengo algo para ti.

Sacó del bolso un paquete envuelto en papel de periódico y lo dejó sobre la mesa. El periódico estaba escrito en alfabeto griego y supuse que los caballos se hallaban en su interior. Me quité el sombrero de fieltro y se lo di.

Ella se lo puso con aire desenfadado y lo inclinó sobre los ojos, como si nunca se hubiera separado de él.

Dio la impresión de que todo había cambiado y todo continuaba igual. Las raíces de los árboles bajo el asfalto del boulevard Saint-Germain seguían creciendo. Las raíces de mi pelo seguían perdiendo el azul. El nivel de los mares seguía aumentando. Junto a la parada de autobús, dos jóvenes se estaban besando. Era un beso frenético. Como si ese devorarse el uno al otro fuera un deber existencial. La obligación de que la pulsión de vida siga siendo fuerte cuando la muerte es nuestro destino último.

TE QUIERO MUCHO MUCHO PARA SIEMPRE. ¿Era un golpe bajo?

Arthur me decía a menudo: «Admiro tu enorme fortaleza», dije.

Ella quiso saber a qué se refería Arthur.

Ya lo sabes, respondí. Me has hecho decirte a través de cuatro países a qué se refería.

Empezó a estornudar. Y luego se pasó un rato tosiendo.

¿No te encuentras bien?

No estoy segura, contestó.

Pensé que lo que le había transmitido, a través de cuatro países, era dolor.

Todos volvíamos a salir con decisión al mundo para infectar y ser infectados. Si ella era mi doble y yo el suyo, ¿era cierto que ella era conocedora, yo era ignorante, ella estaba cuerda, yo estaba loca, ella era juiciosa, yo era insensata? El aire era eléctrico entre nosotras, la forma en que nos transmitíamos nuestros sentimientos a medida que fluían por nuestros brazos en contacto.

Coincidimos en que, sucediera lo que sucediese más adelante en el mundo, seguiríamos aplicándonos acondicionador en el pelo después de lavarlo y lo extenderíamos con el peine hasta las puntas, nos suavizaríamos los labios con bálsamo con olor a rosa, fresa y cereza, y, aunque nos fascinara ver a un lobo en lo alto de una montaña solitaria, nos gustaba que nuestros animales domésticos traicionaran su naturaleza salvaje y vivieran con nosotras en nuestra realidad, que no era la suya. Se tumbarían en nuestro regazo para dejarse acariciar a través de las olas de virus, guerras, sequías e inundaciones, e intentaríamos no transmitirles nuestro miedo.

Abrí el paquete envuelto en papel de periódico y saqué los caballos. Marrón y blanco. Me invadió de nuevo. El dolor de la pérdida al ver a los caballos transportar el piano por el campo. De algún modo, había sabido que era de ella. ¿Cómo era posible saber algo así? ¿Cómo sabemos lo que sabemos? El resguardo de la tintorería de la rue des Carmes se me cayó del bolsillo y revoloteó hacia la acera.

Ella se inclinó para recogerlo y se lo guardó en la mano.

Empezó a llover, siempre llovía cuando ella estaba cerca, pero no nos movimos de nuestras sillas en la primera fila del Café de Flore. Cuando levanté la cola del caballo bailarín marrón y sujeté el cordel que le rodeaba el cuello, por un instante pude oír, aunque no entender, la protesta que me había atenazado aquella noche en la sala de conciertos de Viena.

Deseé que el viejo mundo se fundiera como la nieve invernal.

Cuando oí a mi inverosímil doble decir: Elsa, tienes los brazos desnudos bajo la lluvia, no pude obligarme a bajar la cola y perder la magia. Tenía el pelo empapado y ella llevaba puesto el sombrero. Al cabo de un rato se inclinó y, poniendo un dedo en la cola, detuvo el caballo.

Me sentí ofendida. Por primera vez desde que había aparecido en mi vida, la miré a los ojos. Aceptó mi mirada y vi parte de quien era ella, en lugar de quien había imaginado que era. No fue un momento cómodo. Las lágrimas rodaron y mojaron su vestido blanco de seda.

No deberíamos sobrestimar la fortaleza de una persona solo porque nos convenga hacerlo, dijo.

Al cabo de un rato propuso que fuéramos juntas a la tintorería a recoger mi abrigo.

Mientras caía una lluvia fina y ligera en el boulevard Saint-Germain, le conté que la noche de aquel concierto de Viena yo había dejado de habitar la tristeza de Rajmáninov y por un momento me había atrevido a vivir en la nuestra.